メディアワークス文庫

破滅の刑死者３
特務捜査CIRO-S 死線の到達点

吹井 賢

雙ヶ岡珠子

正義を重んじるCIRO-S第四班の捜査官。国家機密「Cファイル」を追う。命知らずなトウヤといるうちに能力に目覚めた。二つ名は「焦がれの十字」。

戻橋トウヤ

美形のギャンブル狂。常に命賭けの勝負を好む、やっかいな性質。大学生ながら、珠子とともに内閣情報調査室CIRO-Sの捜査官に。

五辻まゆみ

トウヤの幼馴染で初恋の人。彼の過去を知る人物。「クライン・レビン症候群」として入院生活を送る美少女。

鳥辺野弦一郎

R大学で起きた連続不審死事件を裏で操っていた真犯人。「自らを知覚できなくさせる」脅威的な力を持つ。

ノレム＝ブラック

秘密結社「フォウォレ」の"魔眼の王"ウィリアム＝ブラックの義理の娘。翠眼の美少女だが、「夢見る死神」と怖れられる殺人者。

梛辻未練

トウヤと珠子の上司。警察庁警備企画課（通称チヨダ）の警視でありながら、CIRO-Sの外部監察官も務める。対能力者機関『白の部隊』の一部隊を率いる、有数の能力者。

Contents

illustration カズキヨネ

プロローグ

――「人は皆、何かを賭けて生きている」。

いつだったか聞いた言葉。誰が言ったかは分からない。もう覚えていない。歴史というのは考えるのも面倒なほど長いし、人間はうんざりするほど多いから、同じような台詞を色んな人が口にしていたかもしれない。

けれど、そんなことはどうでもいい。

大切なのは、この言葉が紛れもない、真実であることだ。

嘘と偽りだらけのこの世界の、唯一の真理。揺るぎない理。

誰しもがなりたい自分になる為に生きている。カけたそれらを得る為に。

何も賭けていない人間は、何も懸けていない人間は、何も掛けていない人間は、詰まる所、生きてはいない。何者でもないし、何者にもなれない。時計の針は止まったまま動き出すことはない。負けることはないけれど、勝つこともない。

だから、僕は賭けてきた。

なりたい自分になる為に。僕が僕である為に。

幾度となく、賭けてきた。ありとあらゆるものを。〝お金〟という有り触れたチップから、〝命〟という、日常生活ではあまり賭けの対象にならないものまで。細かな勝負を含めれば、最早、何度、何を賭けたかも分からない。

こう話すと、他人には驚かれるけれど、僕からすればどちらもさして変わらない。大した額でもない金銭に、大した価値もない命。ギャンブルのチップである点では同じこと。鉄火場でこそ輝く、否、その瞬間しか輝かないことも。

二つの賽がツボ皿に入り、乱舞する刹那。回転する円盤に小さなボールが転がる数秒。六枚の札から親が選んだ一枚を読み、張る束の間。伏せられた両者のトランプがオープンされる須臾。競走馬が最後のコーナーを曲がり、その鼻先が決勝線に触れるまでの一時。牌を自模り、文字を指でなぞる弾指の積み重ね。そして、宙に放たれたコインが、手の甲に落ちるまでの、僅かな時間。

綺羅星のように輝く何かが、世界にはある。

その瞬間にしか輝けないモノが、確かに。

……始まりは思い出せない。過去の僕が、どんな僕になりたかったのかも。

それでも構わない。僕は勝負の価値を知っているから。

引き裂かれ、欠けた箇所ばかりの心にも、まだ燃える想(おも)いがある。死線を越える瞬間、血液が沸騰し、脳漿(のうしょう)が沸き立ち、全身の細胞が鼓動する。笑みが零(こぼ)れる。ああ、そうだ。この感覚がある内は、まだ。生きることをやめられない。やめたくない。

まだ僕は――僕、たり得るのだ。

けれど、どんな賭博であっても、いつかは終わる。星々の光が永遠ではないように、勝負の刹那に輝く命も、やがては消える。

だから涙を流す必要はない。大したことではないのだから。

こんなことは、ただ、決着がついただけ。一つの賭けが結末を迎えただけ。

そう。

空を舞ったコインが、表か裏か、明らかになっただけなのだから。

交差する思惑

言葉や力、思想に刃
支柱は重荷になっていた

日本の首都たる東京。千代田区に存在する警視庁とは、その世界有数の大都市を守る警察官らの総本山であり、居城である。大事件や警察に関する不祥事が起きた際には必ずと言っていいほど報道番組で映され、刑事ドラマやサスペンスの舞台になることも多いので、見たことがない人間の方が少数派であろう。

しかし、その巨大なビルの背後に聳え立つのが、警察庁の入居する中央合同庁舎第2号館であることは、あまり知られていない。警察機構そのものを管理する国家公安委員会。その本丸である。「警視庁など、所詮は都警察本部でしかない」。そう言外に主張するように、東京ではなく日本そのものを守る警察官僚達が、総務省や国土交通省のエリートに交じり靴底を擦り減らしている。

国会議事堂や首相官邸よりも余程、日本を支配しているかもしれぬ、この国の頭脳であり、あるいは、暗部。それがこの超高層庁舎だった。

だが、同じく警視庁本部庁舎と隣接するような形で、「警察総合庁舎」という、また別の建物が存在する。内堀通り沿いにあるこの建築物は、元々は警察庁（国家公安委員会）が使用していたのだが、中央合同庁舎ができ、主な機能が移転して以降は、警察庁と警視庁の別館として利用されている。かつての名残か、警視庁とは空中廊下で繋がっており、会議室が多くあることから頻繁に使われているのだが、そんな事情を知っているのは警察関係者くらいのものだ。

そして、この古臭い建物の地下階の会議室が、『白の部隊』専用の連絡部屋になっていることを把握している者は、最早、「一般人」とは呼べないだろう。

『……で、だ。椥辻警視』

コの字形に並べられた長机の上には、ノートパソコンが数台。薄暗い部屋で光を放ちながら彼等の顔を映し出していた。

椥辻未練の所属する警察庁警備企画課、通称『チヨダ』の管理職。未練の出向先である内閣情報調査室特務捜査部門の責任者。そして、対能力者機関『白の部隊』――正式名称・警察庁警備局警備企画課特別機動捜査隊の見慣れた顔ぶれが幾つか。

未練は珍しくネクタイを締めていた。この面子にノーネクタイで挑むほど常識外れではない。

尤も、『白の部隊』の幹部であり、CIRO-Sでも外部監察官という特殊な立ち位置である未練は、言わば特権階級だ。上司といえど彼等の命令に唯々諾々として従う必要もない。その辺りはただ、組織人としての当たり前の振る舞いを心掛けているだけだった。

『先のR大学の一件の顛末は理解した。国際犯罪結社「フォウォレ」と「鳥辺野弦一郎」なる男については、今、調べさせている。鳥辺野が関与したらしき事件も洗い出している最中だ』

「ありがとうございます」

『向こうが世界的犯罪組織ということもあって、外務省や入管庁も色々と言ってきたが、どうにか収まった』

画面の顔に頭を下げつつ、内心で、「いつもながら面倒だな」と溜息を一つ。

『ギフト』と呼ばれる理の外の力を持つ犯罪者が相手である時点で、対応できる機関は白の部隊かＣＩＲＯ-Ｓかのどちらかくらいのものだが、まさか各所に「向こうは超常的な異能を使う常識外の存在なので、専門の人間に任せてください」と広報するわけにもいかない。超能力という秘密を秘匿する、秘密機関の辛いところだった。その上で誰も足並みを揃える気がないのだから始末に負えない。

此度明らかになった、鳥辺野弦一郎という新たなフォウォレの構成員。「認識されない」という異能を持つ脅威に対し、情報収集の段階で内調や警察などの関連機関が衝突したのは、一度や二度ではなかった。理由は「方針の違い」の一言に尽きるが、それは最大限配慮した言い回しであり、実情は単なる縄張り争い。

公安でもあり内調でもある未練は板挟み状態になり、事態の収拾へ奔走することとなった。もう慣れたものではあるが。

鳥辺野弦一郎の件は、今後も連絡を密に取り合う、という当たり障りのない結論に落ち着いた。内調と公安でまともに情報交換ができた例はないのだが、こうした場合に適当なお題目に着地させるのも、また組織人として当然のことだった。

『さて、椥辻君。硬い話題が続いたから、ここらで一つ、軽い話をしようか』

直立のまま、口を開いた男の方に顔だけを向け、「軽い話、ですか」と鸚鵡返しを。

『大したことじゃないよ。君のところの部下の、雙ヶ岡珠子……だったか？　が、能力者に覚醒したらしいじゃないか。おめでとう』

「ありがとうございます」

小さな会議室に、一瞬間の沈黙が訪れる。疑念故のことだった。

本当に雙ヶ岡珠子なる者がギフトを得たのか？　という懐疑。

「元々異能は有しており、その事実が今回の事件で明らかになっただけでは？」「説明通り、『触れた人間の重量を増加させる力』なのか？」と、疑いは尽きない。真実を語っている未練にとっては心外な部分もあるが、仕方ない。相手の言葉を頭から信じるような者は、この手の職種にはいないのだ。

事実、椥辻未練は嘘こそ吐いていないものの、隠している情報があった。戻橋トウヤの存在である。

少年の有する「自分に対し、嘘を吐いた人間を操る」という異能。それを応用した、「相手の嘘を見抜く」という使用法。それらは謀略入り乱れる世界においては絶対のアドバンテージに成り得る。未練は、「雙ヶ岡珠子が異能者に覚醒した」という情報をあえて開示することによって、注目をその事実に集めた。リソースをその一点に割かせることで、戻橋トウヤの異能という切り札から目を逸らさせた。

その思惑は成功しつつあった。液晶越しの彼等は、それぞれが警察機構、情報機関の人間。人並ならぬ観察眼によって、「未練が何かを隠しているのではないか？」という点までは辿り着いても、後一歩、真相には届かない。

『……まあ、警視の部下だ。好きに使うといい。そちらは？』

一人がそう振ると、この話題を持ち出した男は、無論だ、と述べる。

『そのことに関して異論はないよ。ここに集った人間で、異を唱える者もいないだろう。そうではなく、折角なのだから、異名を付けてはどうか？　という話をしたかったんだよ。私はね』

さも「自分は最初から何も疑っていない」という風で、男は続けた。

「異名……ですか」

『ああ。使える駒は多い方がいいだろう？』

情報とは力である。究極的には真偽は関係がない。周囲が、「そうかもしれない」と思い込んでくれれば良いのである。

例えば、株券。これは「発行した会社が優良な企業だ」と思われているからこそ、経済的な価値が付加されるだけであって、それそのものは何の意味も持たない。会社が倒産してしまえば、ただの紙切れだ。その点は、正式名称を日本銀行券という一万円札ですら同じである。

見る者が、「そうだ」と思ってしまえば、その事実が価値になる。

ここに集った人々は、雙ヶ岡珠子の実力も、その異能も、実のところ、全くアテにしていない。どうでもいいと思ってさえいる。仮に、例えば戻橋トウヤのそれのような、「他者の行動を操る」類の力ならば、是が非でも手に入れようとしていただろう。

珠子については、そうではない。

『特異能力者の二つ名がどういう意味を持つかなど、言うまでもないはずだ』

また別の男が笑みを浮かべ、「なあ、『不定の激流』」と呼び掛ける。

能力者の持つ異名。それは彼等彼女等の異常さを象徴するものであり、畏怖を込めて呼ばれるもの。二つ名を持つ時点で、それほどまでに広く知られながらも生き残っている時点で、尋常ならざる能力者の証明と成り得る。他ならぬ、栁辻未練がそうであるように、だ。

『不定の激流』という呼び名が意味するのは、彼の実力と戦果。公安警察の誇る『最高の暴力』の一角であり、かの『白の死神』と肩を並べる存在であるということ。

今回の場合は、違う。「字名を戴く時点で、さぞ優秀な能力者に違いない」――そう思わせることが目的なのだ。ポーカーにおけるブラフと同義。即ち、二つ名という一握りの秀でた能力者のみが持つ要素を珠子に与えることで、敵を攪乱しようという魂胆だった。

異名に恐れ戦き、逃げ出してくれれば御の字。仮にこけおどしと見抜かれても、死ぬのは大した能力者ではない。そんな計算が彼等の言葉の裏にはあった。

「そうですね。では、不肖ながら、私が名付けても良いでしょうか？」

そして、そういった策略を巡らせていたのは、彼もまた同じであった。

決意するかのようにノンフレームの眼鏡を掛け直し、栁辻未練は言った。

「『焦がれの十字』――なんて、どうでしょう？　正義に焦がれ、敵対者に人殺しの十字架を背負わせる……。重さを操る人間に相応しいと思いますが」

「結構だ」「中々良い異名じゃないか」等々、液晶に映る口元はそれぞれに肯定の言葉を紡ぐ。心無い感想だった。必要なのは、「『雙ヶ岡珠子』という二つ名を持つ能力者がいる」という事実のみ。

畢竟、彼等は未練の部下のことなど、どうでも良かった。

それを象徴するかのように、話題はすぐに次のものへと移っていった。

‡

会議を終え、扉を開けた未練を、馴染みの顔が出迎えた。

長椅子に座っていた彼は、立ち上がると「待ちくたびれたぞ」と声を掛ける。

背は低いが鼻は高い、ハンサムな男だった。体躯にしても、雰囲気にしても、とても警察官とは思えない。仮に採用試験を受けたところで、身長制限で弾かれてしまうだろうが。

事実、男は警察官ではない。

公安警察『白の部隊』所属の能力者であり、未練の同僚だった。

「どうだった、会議は？」

「どうもこうもないよ。傍受の危険性があるネット越しや電話での会議で、大した情報が出るわけもない」

「はっ！　つまり、無駄な時間だった、ってことだ。いつも通りに」

　そうとも言えるかもな、と応じる未練。

　二人で並んで廊下を行く。身長差は三十センチ以上あるが、不思議とミスマッチな印象は受けない。長年の仲であるが故だろうか。

「それで、何の用だった？」

「用らしい用はないよ。情報収集に来ただけだ。『Cファイル』の方はどうだ？」

　世間話でもするかのような気軽さで、小柄な男は最高機密について訊ねてくる。その軽薄さを咎めることもせず、未練は「それも、どうもこうも」と返す。

　長らくこういった職に就いていると、自然と理解できてしまうのだ。隠蔽したい事柄こそ、ごく自然に、流れの中で話題にする。そちらの方が会議室や重役のデスクの前で話すより安全だということに。

　重大な話題ならば、それに相応しい場所で話されているはずだ。その思い込みを逆手に取っているのである。

「あのファイルは元々、伯楽善二郎が有していた。三分割したのが伯楽翁なのか、それともアバドンなのかは分からないが、理由は機密保持の為だろうね。そして三つの欠片をそれぞれ別の場所に隠した」

「隠す為に、遠くに置いた、か」

重要なものこそ、自分から遠ざける。傍に置いておきたくなる衝動を抑え、さも価値などないかのように、放置する。

これも先と同じ、周囲の人間の常識を利用した隠蔽術。

階段を上りながら未練は言う。

「一つは定礎の中。その性質から、建物が取り壊される時まで、絶対に開けられることがない。良い隠し場所だよ」

「で、残りの二つは？」

「今まで探し続けて見つからなかったのに、そう都合良く出てくるわけがない。と、言いたいところだけど、見つかったよ。都合良くね」

戻橋トウヤが見つけたCファイルの欠片に、引き寄せられるかのように。そう表現すれば、運命的に思えるかもしれないが、何のことはない。都合良く、今の時期に見つかるのは当たり前なのだ。

そもそも、『Cファイル』とは「特異能力者の素質のある子ども達のリスト」だと考えられている。では、この〝素質〟とはなんであろうか？　……両親のどちらかが異能を持っていること、だ。「両親のどちらかが能力者だった子どもの名前と所在地」。それが戻橋トウヤが推理したファイルの正体。それが正解であるかはまだ分からないが、少なくとも、公安が集めていた情報と矛盾はない。

アバドングループが摑んでいる、能力に覚醒する可能性のある子どものデータ。それが『Cファイル』である。

さて、能力はその人間の心象風景の具現化であるが故、千差万別であるが、明確な共通点を有している。例えば、「代償や対価が存在すること」「能力者の傍に長くいた人間は能力者に成りやすいこと」等である。

その内の一つに、「十代前半から二十代前半の年齢が能力に覚醒しやすい」というものがある。想い、願い、祈りの果てであり、信念や理想、あるいはトラウマやコンプレックスが形を成したモノ。それが特異能力だ。その特性から、能力は最も多感な時期である思春期に目覚めることが多い。

と、するならば、である。ファイルは、作成されてから時間が経った今こそ、意味を見出せるのだ。幼子だったリストの子ども達が、二十歳前後になった――「本当に能力者になったかどうか？」を確かめられる今の時期に。

伯楽善二郎以外に、内容を知る者がどれほどいたのかは分からない。しかし、断片的な情報から、「十年後、二十年後に価値が増すのではないか？」と推測できてもおかしくはない。憶測を元に行動する人間が出ても、奇妙なことではない。

故に、ここ一、二年でCファイルに関する噂が出回り始め、幾つかの騒動も起きていた。その内の何件かには、CIRO-Sを騙っていたアバドンの幹部、佐井征一やフォウォレの首魁であるウィリアム＝ブラックも絡んでいたという。

「長々と話してるが、つまり、だ。今、まさに価値が出始めているから、交渉や騒動が起き、その情報が入ってきてる、ってことだな？　近日中に値上がりするという噂の株券に、投資家が群がるように」

「そういうことだね」

結果、残り二つの断片も見つかったのである。

一つは極右結社である『帝国会議』が保有しており、帝国会議との抗争の過程で『赤羽党』が手に入れ、その後、『フォウォレ』が奪い取った。もう一つは、日本最大の投資ファンド『御幸町パートナーズ』にあったのだが、去年盗み出され、今は闇の市場にあるらしい。

そして、CIRO-Sが手に入れたものが一つ。

これで三分割されたCファイルの全ての所在が知れた。

「帝国会議に、御幸町パートナーズねえ……？　どういう関係なんだか」

「前者の組織には伯楽善二郎本人が所属していた。経済的な思想はどうあれ、基本はガチガチの保守の人だったからね。志を共にした相手に託した形になるのかな」

「後者は？」

「御幸町パートナーズの社長は伯楽善二郎の子だよ」

「友情に血縁、ね。ぶっちゃけ興味ないが、分かったよ」

訊ねておいて取る態度ではないが、未練は咎めない。いつものことだからだ。

戦況の把握や戦力の切り崩しを主とする栂辻未練に対し、同じ幹部といえども、隣の小柄な男は『白の死神』と同じく、戦いに秀でた人種。Cファイルを巡る騒動で何が起きようとも、仮にそのデータが悪用され、大規模な混乱が起きようとも、男がすることは変わらない。敵を殺すだけだ。

そういった意味では、これまでの会話は真に「世間話」であったし、これからの話に繋げる為のキッカケでしかなかった。

「ところで、未練」

「何かな」

「ファイルに関する捜査の中で、部下が死んだらしいが……。大丈夫か？」

答えは沈黙だった。

ぎこちなく、それでいて、ひりついた雰囲気が漂った。長い付き合いとはとても思えぬ、互いに何をどう言えばいいのか分からないような、そんな、奇妙な会話の空白が生まれた。

地上階に出て、擦れ違う人間が増え始めた頃、ようやく未練は口を開いた。

「大丈夫も何もないよ。こういう仕事だ、仲間が死ぬくらいのことはある」

あくまでも平然と、当然のように、そう言い放つ。そこに一切の動揺はない。窺えないのだ、感情が。

それが何よりも恐ろしい。

「しかし、君が他人の部下を気にするなんて、珍しいこともあるもんだ」

「勘違いするなよ。俺が気にしているのはお前の部下じゃなく、お前のことだ」

「ツンデレのような台詞だけど、その実、ただ優しいだけだね」

茶化すなよ、と男は鬱陶しそうに手を振る。

「『白の死神』サマも心配してたぞ。まあアイツのことだ、もう忘れてるだろうが」

「優しい同僚を持ったもんだ」

「優しいのはお前の方だろ。あまり気にし過ぎるなよ。死んだ部下のことも……。ソイツを殺した、『緑眼の怪物』のことも。入れ込み過ぎると足を掬われるぞ」

「ありがとう。じゃあ悪いけど、僕は稲荷警察庁次長に会ってから帰るから」

言って、未練はサッチョウの方角へ足を向ける。それ以上、男も踏み込むことはせず、「またな」と別れを告げた。

栁辻未練が何を思っているのかは、男にも分からない。思惑や心情を隠すことは十八番だからだ。同僚であり、友人でもあるが、そんな男にも何を考えているのかは全く分からなかった。

ただ、気にしていない、ということだけは有り得ない。

「本当に大丈夫なら、そこまで平静を装う必要はないんだぜ、未練」

隠す、ということは、「知られたくない何かがある」と同義。

時に沈黙は何よりも雄弁な答えと成り得るのだ。

‡

戻橋トウヤと雙ヶ岡珠子が呼び出されたのは九月の初めだった。

R大学の一件が一応の収束を見て、その後、幾つかの任務を終えた後。鳥辺野弦一郎の行方は杳として知れぬまま、すっきりとしない気分のままに夏が終わるのかと思われた頃、未練から招集が掛かった。

場所はいつもと同じく、大阪第二法務合同庁舎。その七階、内閣情報調査室関西出張所だ。

近畿管区警察局が入居しており、徒歩数分の場所には大阪府警本部があることから、ビルの周りは警察関係者らしい気配を纏った人間が散見される。忙しない大阪の一等地であるが、合同庁舎付近の慌ただしさは一般的なそれとは異なっていた。端的に言うと物騒なのだ。

地元のプロ野球チームの成績や、一向に良くなる気配のない景気など、大阪周りでお決まりのお題は全く聞くことができない。耳を欹てれば、暴力団の動向に治安の悪化、外国人観光客と共に増加した海外犯罪組織の違法行為等、和やかさの欠片もない話題ばかりが話されていることに気付く。

人口が集中すれば、その分、犯罪は増加する。都会の人混みと無関心さは悪意を覆い隠すのには都合が良い。

しかし、エレベーターに乗って七階に辿り着くと、うって変わって静寂がフロアを支配している。先ほどまでの喧騒は何処へやら、人を見掛けることもなく、パトカーのサイレンだけが時折聞こえてくる。大都会の名残であるかのように。

「船に乗って欲しいんだよね」

そんな七階の中でも更に静かな、外部監察官執務室。

陸の孤島とでも言うべきその場所で、開口一番、未練はそう言った。

「船、ですか……」

「そう、船に。乗ってくれなくてもいいんだけど」

面食らいつつ、問い返す珠子。

とりあえずは話を聞こうとデスクの前に立った少女に対し、少年の側はわざわざ直立して話を聞く義理もないと言わんばかりに、ソファーに腰を下ろす。

「監察官さんの命令はいつも唐突だよね。いきなり結論から出てくる。前もそんな感じじゃなかった？　わざとやってるの？」

「半分はわざとかな。丁寧に経緯を説明して、最後に断られるのはごめんだから」

「お言葉ですが、椥辻監察官。仕事なのですから、本来は断るも何もないのではありませんか？」

「じゃあ、僕が『人を殺して欲しいんだよね』とお願いしたら、聞いてくれるの？」

「それは……！」

「君達は命令された事実を免罪符にして、自分で判断することをやめる人間じゃないと思ってたんだけどな。そもそも、僕はそういう人種は嫌いだから、部下にもしないだろうけれど」

僕が言ってるのはそういうことだよ、と続け、それを閑話休題の合図とした。

未練は語り始める。

今回の〝お願い〟の経緯を。

「二人共、クルーズ船って乗ったことある？　豪華客船みたいなやつ」

「私はありません」

「僕もないけど」

「最近は海外旅行と言えば飛行機が主流になったから、あんまり馴染みはないだろうけれど、結構、船旅って人気なんだよね。羽田や横浜から出る便も沢山あるし」

船での海外旅行と言えば、バラエティー番組の賞品になっているような、世界一周の旅を思い浮かべる人間も多いだろうが、グアムや韓国といった近場に向かうものも数多く出航している。

香港から大陸に沿い南下するような形の、アジア内を巡航するクルーズも界隈では人気だ。また、ヨーロッパでは、例えばイギリスのサウサンプトンから出航、ドイツのハンブルク着の船便も存在しており、欧州旅行の一環として観光客が利用することもある。

この時代に船だ、さぞ高額だろうと思う人間が多いだろうが、出不精が想像する金額よりは遥かに安い。

「でも、実は安価なのには裏があったりするんだよ」

「裏、とは？」

「そういうクルーズ船にはカジノが設けられていることが多いんだ。旅行ということで羽目を外し、負ける人間が大勢出るから採算が取れるんだよね」

大前提として、胴元が存在するギャンブルは、最終的にはオーナー側が儲かるようにできている。当たり前だ。場を運営する側が負け続ければ、その店自体が続けられなくなるからだ。

寂れた商店街のパチンコ店にしても、ラスベガスの巨大カジノでも同じ。その一夜に勝つ人間は幾らでもいるが、トータルで勝ち越せる人間は、ごく一部。〝店〟対〝客全体〟という構図で見ると、常に勝つのは前者である。

また、例えばパチンコの『変則打ち』のような、勝つ確率が非常に高くなる技は禁止されていることが多く、店側に発見されれば即出禁となってしまう。こちらも大抵の賭場で同一だ。

　出入り禁止はまだ寛大な処罰であり、裏カジノでは報復も有り得る。

「勝ち続けるギャンブラーは存在しない」とはよく言われることである。その理由は、賭博の勝ち負けは運に大きく左右されるからだが、「実際に勝ち続けてしまうと、店の側から暴力で排除されてしまうから」という部分も大きい。裏の世界の常識だ。

　トウヤが言う。

「アメリカの頭の良い大学生達が、カードカウンティングで大儲けしたこともあったんだってね。映画で見たことがある」

「映画ならフィクションなのでは……？」

　当然の疑問を発した珠子に対し、「現実にある話だ」と未練が補足する。

「話を戻すけど、この手法は日本では使えない。パチンコとか競馬とか競艇とか、色々あるけれど、日本国という国は原則としてギャンブルが禁止だから。刑法百八十五条や百八十六条だったっけな」

　仮に賭博が合法である国籍の船や、そういった国に向かうクルーズであっても、日本の領海内に存在する内は違法であって、摘発対象である。

だが。

「他の裏カジノと同じように、やる組織もあるわけだ」

日本から出航し、香港を経由して、シンガポールに向かうクルーズ船がある。表向きはシンガポールの旅行会社が運営している最高級(ラグジュアリー)なものだが、実態は異なる。

日本の指定暴力団『比叡(ひえい)組』。香港の黒社会『泰山(たいざん)』。そして、シンガポールマフィア『シェオル』。この三団体が協力し、各国の規制や法を潜(くぐ)り抜(ぬ)ける形で共同経営しているのだ。

「ここまでは表の顔の話」

「犯罪組織が出てきているのに、まだ表、ですか……」

「そりゃあ、違法なことだらけだけど、膨大な税金を納めて、経済を活性化させているからね。そういう組織には、どの国も甘くなる。黒社会なんて、中国語圏で言うところの暴力団だけど、政府が存在を認める声明を出したことすらある」

世間が問題にしない内は見逃しておき、様々な方法で国に貢献させる。大きな事件を起こす等、何かのキッカケで非難の的になった際には、握っておいた秘密で摘発し、手柄にしてしまう。国家と反社会勢力は、敵対するものでありながら、蜜月の関係になりやすい。

多方面のコネクションを誇る椥辻未練が言うのだから間違いはないのだろう。あるいは、知り合いや友人さえいるかもしれない。

「カジノ船を犯罪組織が共同運営させてることが『表』なら、何が『裏』なの？　そろそろ話を聞くのが面倒になってきたんだけど」

頬杖をついたトウヤに対し、悪かったと一言詫びて、未練は続ける。

「『裏』は、その船が裏社会の交渉場所になってることだ。三つの組織が運営に絡んでいて、パワーバランスが取れているから、取引がしやすいんだ。誰かのホームグラウンドだと、折角交渉しても、暴力で反故にされかねない。でも、複数の組織が噛んでると、ちゃぶ台返しをしようにも、関係者全員を丸め込まないといけない。結果的に公平な取引がしやすい。海の上だから、何処かの勢力の増援が来る、ってこともほとんどないしね」

「でも、取引してるのは、違法なモノなんでしょ？」

「そうだね。ドラッグとか、銃火器とか……。たまに、人間とか」

とんでもない事実をさらりと述べてみせたが、続く言葉は更なる驚愕を与えるものだった。

「今度、そこでCファイルの残り二つを集めて、オークションをするらしいんだよ。だから、君達は船に乗り込んで、その阻止に協力して欲しいんだ」

‡

日本を出航し、香港を経由し、シンガポールへ向かう豪華客船。そのカジノ船で行われるのは、アバドンの最高機密であるCファイルをどの組織が手に入れるか？　を決めるマネーゲーム。

ファイルは三分割されており、その全てを揃えなければ中身は確認できない。しかし、その内の二つが揃うとなればリーチである。

戻橋トウヤが手に入れた欠片の一つはＣＩＲＯ-Ｓ本部に保管してあり、これは「リーチといえどもビンゴになることはない」と同義だ。かと言って、心から安心できるものでもないという。

「残りのデータを手に入れたい理由は、二つある。一つ目は、『ＣＩＲＯ-Ｓが持っている物が盗み出された際に揃ってしまうから』だ」

アバドングループの最高機密、能力者の素質がある子ども達のリストであるＣファイル。当然、内閣情報調査室特務捜査部門においても最上位の機密として扱われている。

しかし、どれほど巧妙に隠匿したものであっても、漏れる時は漏れてしまう。国家や政権が必死になって隠蔽工作を行えば秘密が守られるとすれば、かのウォーターゲート事件など起こらず、大統領が辞任に追い込まれることもなかったであろう。

「二つ目。件（くだん）のファイルの扱いの方針が決まっていない。内調や公安、自衛隊で、意見が異なっている。……いや、それぞれの組織内ですら意思統一はできていない」

考えてみたことはなかっただろうか？

Cファイルは三分割されている。ピースが揃わなければ永遠に完成しない。一つをCIRO-Sは手に入れている。

ならば――「手に入れた一つを復元不可能に破壊してしまえば、最悪の事態は防げるのではないか？」。

リストを手に入れられないため、先手を打つことはできない。ファイルを揃えて解析し、列挙されている子ども達を監視する……、というようなことはできなくなる。

一方で、犯罪組織が手に入れ、悪用するという可能性もゼロになる。

アバドンがデータの原本を持っていた場合、完全に後手に回ってしまう形になるが、それでも「状況が悪化することはない」と割り切り、破壊に踏み切っても良かったはずだ。

なのに、何故そうしないのか。

「利用したい奴がいるんだよ」

そう、ＣＩＲＯ-Ｓや白の部隊といった対能力者機関の中に、そのリストを利用しようと考えている人間がいるのだ。

子ども達を組織に取り込むか。反社会的勢力との交渉材料にするか。それとも、個人的な野望の為に使うか。

様々な可能性が考えられるが、どれも正解であろう。それほどまでに多く、データを手に入れたい人間が存在している。故に、「破壊し状況の悪化を防ぐ」という案は通らなかった。

「組織内の誰かに裏切られ、最悪の事態に陥る可能性もある。そうならないように、残りの二つを手に入れておきたいんだ」

公安と内調を行き来する男はそう告げ、結論とした。

雙ヶ岡珠子は事態を呑み込めないままに少年の方へ目を遣った。

戻橋トウヤは独特の光を宿した瞳を細め、何かを考えていたが、やがて、意を決して口を開く。

「……監察官さんはさ、まるで自分が『正義の味方』みたいな口振りだよね」

「そういう存在であろうとは常日頃、努力しているよ」

「なら、断言できる？」

立ち上がり、トウヤは執務机の前まで歩いていき、真っ直ぐに未練を見た。

軽く、明るく、然れども、虚ろで狂った精神。その心で以て、目の前の思惑の読めぬ男を威圧するようにして。

「自分はCファイルを悪用しない――手に入れても、破壊する、って」

それは質疑であり、試験だった。

嘘を許さぬ少年とその異能が、男の正義を試す。

椥辻未練は「最悪の事態を防ぐ為に残りの二つを手に入れたい」と、一見尤もらしいことを語っている。だが、何が〝最悪の事態〟なのか、手に入れた後にどうするのかは、一言も明言していない。どうとでも解釈できる、玉虫色の物言い。

嘘は吐いていない。

吐いていないからこそ、騙り、偽ろうとしているとも思える。

「なるほど、なるほど。疑うような視線を向けていたのは、その所為か」

「疑うような、じゃないよ。疑う視線だ」

「そうだね。なら、はっきりさせておこう」

目線を伏せながらも、断言する。

「僕の目的はCファイルを永遠に葬り去ること。だから誰よりも先に、残りの二つを手に入れたい。そっちを壊してしまえば、CIRO-S本部にある一つも無用の長物になる。誰にも悪用されることはない」

「……言ったね？」

「船でのどさくさに紛れて君達が破壊してくれるなら、それでもいい。どちらでもいいんだよ、僕にとっては」

嘘は——吐いていない。

何も偽りはない。

「アバドングループに原本があった場合、公安もCIRO-Sも後手に回ることになるけど、それでもいいの？」

「それは困るけど、戻橋君も分かってるでしょ？」

「察しはついているけれど、明言して欲しい。そういう能力だから。できないなら、そういうことだと思う」

即ち「嘘こそ吐いていないが、裏がある」と。

そも、悪用とはなんであろうか？

正義とは常に相対的なモノ。ならば、未練の思う正義が誰かにとっての悪であることは大いに有り得る。その逆も然り。それを承知の上で、少年は問うのだ。その言葉に嘘はないか、と。

やがて未練は応じる。

「利益目的の反社会勢力や、国自体の崩壊を願う無政府主義者と比べれば、『真の共産主義の実現』という理想を目指すアバドンは交渉の余地がある。それに、僕はアバドングループにもコネクションがある。何より、」

一拍置き、続けた。

「……何より、嫌じゃないか。たとえ大義や国民の為だとしても、子どもが国に使われるなんて」

顔を伏せたまま、何処か恥ずかしげに、椥辻未練はそう言った。

十年以上、闇の世界で生きてきた。『正義』と信じ、人を殺めたこともあった。幾度となくだ。殺さずの道徳など、とうの昔に捨て去った。そんな甘い考えで守れるモノなど、たかが知れている。最早、悪びれもしない。今更罪悪感を覚える方が奪ってきた命に失礼だ。

一方で、非情に成り切れない。「目的の為には手段を選ばない」とは、言い切れない。

そうした方が効率的だと理解していても、「甘ちゃんの戯れ言だ」と罵られようとも、譲りたくない一線がある。打算や妥協はあれど、自分自身を裏切ることは絶対にできないのだ。

それは、「『自分』であること」を辞める——ということなのだから。

「梛辻監察官……」

その一言を聞いただけで、珠子は未練を信じてみたくなった。

隣を見る。

「……監察官さん」

「何かな？」

少年は笑っていた。

あの死線に挑む際の狂気に満ちた笑みではなく、年相応の、可愛らしい微笑を浮かべていた。

「監察官さんって、良い人だね」

「それ、褒め言葉じゃないな」

「いつもはそうだけど、今日は褒めてるよ」

「……って、だったら私に対しては悪口として言ってたんですか!?」

最早、悩む必要はなかった。

そうして、二人は未練の〝お願い〟を聞くことにしたのだった。

‡

夜の埠頭（ふとう）である。

如何（いか）なる理由なのか、一人の少女がボラードに腰掛けていた。

アシンメトリーな前髪に、後頭部の髪だけが長い一つ結び。端麗な顔立ちをしているものの、その美しさはニヴルヘイムを思わせる北欧の大地のように、何処か不気味でもあった。

いや、当然だろうか。

彼女は魔眼遣いの犯罪結社・フォウォレに所属する『死神』なのだから。

「……はい。そうですか、分かりました。戻橋トウヤさんは船に乗るのですね」

スマートフォンが伝えてくる情報に頷（うなず）きつつ、手にした自動拳銃、ステアーＳ９－Ａ１の目視点検を行う。慣れた手付きを見れば、彼女が相当の修羅場を潜ってきたことは一目瞭然だった。

数え切れないほどの人間を殺していることも、また。

「はい。分かりました。ありがとうございます――栁辻未練さん」

通話が終わると同時に一陣の風が吹き抜けた。長い前髪に隠されていた両目が顕わになる。左目だけが緑色のオッドアイ。何かに呼応するかのように、右目もグリーンへと変わる。

少女の瞳は、フェアリーの羽のような綺麗な翠眼だった。

17:00発、シンガポール行き

空から降りゆく雨粒は、傷付く心が零した雫
涙はやがて波になり、船は揺られて、海を行く
月の光に照らされながら

雙ヶ岡珠子は、Cファイルに纏わる騒動の一因は自分にあると考えていた。騙されていたとは言え、アバドングループの幹部・佐井征一に協力していた身。その罪滅ぼしとして、あのデータに関する事件は、自分が対処すべきだ。否、対処したい。そう思っていた。

それ故、今回の任務――栁辻未練風に言うところの〝お願い〟が、Cファイル関係だった時点で、断る理由はないに等しかった。

懸念事項としてあったのは、一応の上司である未練が信用し切れないことと、バディである戻橋トウヤの動向が読めないことだった。

鳥辺野弦一郎に関する事件において、未練は嘘こそ吐いていないが、意図的に情報を隠していた。あの嘘偽りを許さぬ少年ならば、それだけで協力を拒否する理由に成り得る。しかし他方、命を賭けたギャンブルに発展するような事件ならば、二つ返事で了承しそうでもあった。

トウヤが快く参加を決めたのは、珠子にとっても嬉しい誤算だった。

だが、ただの誤算、何一つ嬉しくない、予想外の展開もあった。

犯罪組織三社が共同運営するクルーズ船、『シェオル・ロイヤルブルー』の出航が僅か二日後であったことだ。

『取引があることが分かったのが最近なんだから仕方がない』

とは、未練の弁。

けれども、いくらなんでも急過ぎる。それが珠子の正直な感想だった。

が、大した準備は必要ないという。

「僕達二人とは別に、CIRO-Sの捜査員が潜入してて、ファイルを盗んだり奪ったりするようなメインの作戦はそっちがやって、香港までに片が付かなければ、『白の死神』サンが公安の人間と共に乗り込んでくる……。だっけ？」

「……要するに、」

「僕達は陽動ってことね」

助手席に座っていた少年は、一言断りを入れると、ボトルガムに手を伸ばす。

ウィリアム＝ブラックを倒し、鳥辺野弦一郎の策を見抜いた二人。今、フォウォレが最も警戒しているのは、戻橋トウヤと雙ヶ岡珠子のはず。仮に「ビギナーズ・ラック が続いただけの新兵(ニュービー)」と侮っていたとしても、少しは注意を向ける。

その間隙を、CIRO-Sの諜報員(ちょうほういん)と、公安の『白の死神』が突く。前者は潜入という形で、後者は暴力という絶対的な力によって。それが今回のプランだった。

トウヤと珠子は船に乗っているだけでいいのだ。

否、究極的には、「船に乗った」という情報さえ相手に渡っていればいい。

シルバーのクラウンを操りつつ、珠子は言う。

「十重二十重の策を練り、実行していく部分はあなたに似てますね。監察官自身は、『指揮も責任者も僕じゃない』と仰っていましたが……」

「でもそれは、『作戦を考えたのは僕じゃない』ってことじゃないしね。多分、他のえらーい人達の案を採用して顔を立てつつ、その案を利用してるんだ」

公安と内調の橋渡し役であることを最大限活用し、自分の思惑が通るようにプランニングしたのだろう。

「まだ、一つ二つは裏があるかもね」とトウヤは語った。少年は命さえも容易く賭ける破綻した博徒である一方で、その衝動を制御し、常に相手の裏を掻くことができる怜悧な頭脳を持つ。如何に相手が公安と内調を股に掛けるエリートだとしても、読み合いではトウヤの側に分がある。

その直感と読みが告げているのだ。まだ何かがある、と。

「コインだと、表の裏は裏だけど、人間はそう単純じゃない。表じゃない、ということは『表ではない』ってだけで、イコールで裏、ってわけじゃないんだ」

「え、え……？　それ、同語反復になってませんか？　もう少し分かりやすく説明してもらっても……？」

「誰かさんは僕のことを『大嫌い』と言って、それが嘘だとしても、それは『大好き』を意味しない、ってこと」

悪戯(いたずら)っぽく笑いながらの揶揄(からか)うような言葉には、額に軽く裏拳を入れることで返答の代わりにしておく。

冗談めかしてはいたが、少年の語る内容は真理であった。

世界はコインのように単純にできてはいない。表の裏が裏とは限らず、そも、表と裏が明白に分けられないこともある。その曖昧さを知るからこそ、少年はギャンブルという、最後には勝者と敗者しか残らぬモノを愛すのかもしれない。

「まあ今から会うのは、曖昧さとか複雑さの化身みたいな人だけどね」

殴られた部分を撫(な)でつつ、またトウヤは愉(たの)しそうに笑った。

‡

入院着姿の眠り姫は、話を聞くと、「羨ましいですね」と目を輝かせた。

……意外な反応だ……。

思わず面食らう珠子。何もかもお見通しのような彼女のことだ、シニカルに笑って不穏な言葉を吐くことだろう。てっきりそう考えていたのだが、完全に予想を裏切られた形だった。

「長らくこういう状態なもので、海外旅行には憧れがあるんですよ。行けなくはないのですが、途中で眠ってしまうでしょうし」

「ああ、なるほど……」

五辻まゆみは、あなたなら気持ちが分かるでしょう？　という風に笑い掛けてくる。珠子も数年前までは病院暮らしだった身だ。旅行というだけで羨ましく思う気持ちは痛いほど分かる。

「でも、今回はただ海外に行くのではなく、仕事ですから」

「仕事が一日で終われば、ただの旅行でしょう？」

当然のようにそう返され、先ほどまで感じていたシンパシーが霧散した。やはりこの少女のことだけは分からない。

出航までの二日間で何をするか。あまりにも短い準備期間の使い道として、真っ先にトウヤが挙げたのが、「まゆみさんの所に行く」というものだった。

隣に座る少年は、死地に赴く前には必ずと言っていいほど、五辻まゆみに会う時間を取る。死の覚悟を決めるかのように、あるいは、生を名残惜しむかのように。珠子には、その行動が彼の中に残った明らかな人間らしさに思え、好きだった。

　そして、そこまで慕われる目の前の少女が羨ましくもあった。

「ただの旅行にする為にも、まゆみさんの知恵を貸して欲しいんだよね」

　トウヤがそう頼むも、返答は、「さて」という曖昧なもの。

「私が力を貸せることなんて、あまりないと思いますが。とりあえずは、栁辻未練なる方が語った内容と、私が知っている知識に齟齬はないですね。そういうカジノ船があることも、近い内に重大な取引があるということも、噂には聞いています」

「ご存知なんですか？」

　頷き、私の友人は噂好きばかりなので、と笑う。

「三社経営ですが、実質的に運航しているのはシンガポール・マフィア、シェオル。そのボスは、ジャスティン＝『ラッキー』＝ベネディクトという人物です。別名、『シンガポールのカジノ王』。〝ラッキー〟の部分は、かの有名な『ラッキー＝ルチアーノ』から取ったとか」

　そう言われても、珠子は「かの有名な『ラッキー＝ルチアーノ』」を寡聞にして知らない。

「若い時分、抗争で瀕死の重傷を負いながらも生還したことから、そう呼ばれるようになったと聞いています」

「瀕死の重傷を負っている時点で幸運とは程遠いのでは……？」

「でも、本家本元のラッキー＝ルチアーノだって、拷問されて路上に捨てられたのに助かったから渾名が付いたんだし、マフィアとしては運が良いんじゃない？」

だからその『ラッキー＝ルチアーノ』は何処の誰なんですか、という文句は、既のところで呑み込んだ。

時間がないのだ。枝葉の話を広げている場合ではない。

「ジャスティン＝ベネディクトはアメリカ人で、元々はアメリカン・マフィア――正確には『シカゴ・アウトフィット』の幹部です。組織がシンガポールに進出する際に支配を任され、今はシンガポール・マフィアの最高幹部を務めています」

「あの、その人の話は、また今度に……！」

「シンガポールのセントーサ島にある巨大カジノのカジノ・マネージャーでもあり、東南アジア全域の裏社会の顔役です。日本にも幾つも裏カジノを持っているそうです」

「……わざとやってます？」

「欧州を拠点とする犯罪結社・フォウォレとの親交も深いそうで、」

「え!?」

「ああ、すみません。余談が過ぎましたね。話を戻しましょう」

「いやちょっと!?　話を戻さないでください！　それは余談じゃないですから!!」

焦る珠子。対し、まゆみは「この子、揶揄うと面白いですね」と満足気だ。

でしょ？　と同意した少年をとりあえず睨み付けておく。

「ベネディクトはフォウォレに知り合いがいると聞きます。背景にはそういった事情があるのでしょうね」

闇の市場に出たCファイルの一つを、紆余曲折の末、ベネディクトが手に入れることになった。時を同じくして、他の断片をフォウォレが手に入れていた。ベネディクトが真っ先に行ったことは、「交流のあるフォウォレに連絡した上で、ピースを取引する場を整える」ということだった。

即ち、自分が持ってしまったファイルの欠片を、処分しようとしたのだ。

「自分で集めて使おう、とは思わなかったということですか？」

「ベネディクトは賭博を愛す危険な男ですが、一方で、組織の長であり、カジノを始めとした複数の企業の責任者でもあります。余計なリスクは排除したかった」

彼にとって、Cファイルの破片など、百害あって一利なしの代物だった。

何せ、彼は既に十分過ぎるほど成功を収めているのだから。

確かにファイルの解読を行えば、組織は飛躍的に大きくなるだろう。しかし、その代償として、本来の持ち主であるアバドングループ、内調や公安を始めとする各国の諜報機関、リストの利用を目論むフォウォレのような犯罪結社等、様々な勢力から狙われることとなる。カジノ王として合法的にシンガポール社会に食い込み、日本における影響力も着実に増している中で、わざわざ危険を冒してファイルに関わる意味はない。

しかし、そうは言ってもゴミ捨て場に廃棄するわけにもいかない。安易に処分に走れば、それはそれで他勢力から反感を買う。「早急に、誰もが納得する方法で、断片を手放す」。その為に取った手段が、場を整え、売り払ってしまうということだった。

未練が語った内容とまゆみの情報を統合すると、そういったストーリーが浮かび上がってくる。

「取引にはフォウォレはまず参戦するだろうね。自分達が持ってる欠片を携えて、だ。アバドンの人間が来て、二つ纏めて高値で買い取ってくれればそれで良し。結果的に自分達が手に入れることになっても、それはそれで良し」

トウヤは続けた。

「多分、監察官さんの策の一つは、『取引に公安や内調の人間を潜り込ませ、落札してしまう』だろう」

「要するに、お金で解決する、と？」

「うん。ただ問題もある。もし身元がバレた場合、とんでもない値段を吹っ掛けられるということだ」

「素性が割れてしまえば実力で排除されてしまうのでは？」

「いや、多分されない」

公安にせよ内調にせよ、背後に付いているのは日本国。国家である。その気になれば天文学的数字を動かせてしまう。他の勢力に売る場合とは比較にならないほどの利益が出るのだ。

諜報機関や警察機構が動かせる限界の数字。限度額まで引き出そうとするだろう。

「だから、手を回してはいるだろうけれど、やりたくはないだろうね」

「なるほど……」

「まー、国レベルのことを僕達が考えたところで仕方がないし、考えるべきことを考えよう。『緑眼の怪物』って奴のことをさ」

フォウォレの代表は『緑眼の怪物』と呼ばれる相手だという。

容姿、素性、一切不明。能力を持っているかどうかもだ。

何一つとして情報がない中で、瞳が緑色であることだけが分かっている。

「妙な話ですよね……。あの准教授のように、存在すら知られていない、ならまだ分かるのですが、『瞳の色が緑』という情報だけがあるなんて」

「そうかな。僕は、そうは思わないけどね」

「え？」

栩辻未練は何も語らなかった。

しかし、戻橋トウヤは何もかもを見抜いていた。

鳥辺野弦一郎の一件がそうであったように、情報がないことが何よりの情報たり得ることが、世の中にはある。

不可解ならば、逆方向から考えてみれば良いだろう。敵の瞳の色だけが分かるような状況は、どのような場合か？

至極、単純な話だ。

「容姿を伝えようとした人間が、瞳の色を言った段階で殺された」――のだ。

だからこそ、男性か女性か、髪は長いのか短いのか、白人か有色人種かといった、個人を特定する上での基本的なデータさえ分からぬままの現状が成立する。会話の途中で始末された。故に断片的な情報しかない。

……そして殺されたのは多分、監察官さんの同僚か、部下だ。

口にこそ出さないものの、トウヤはそう推理していた。否、感じ取っていた。栁辻未練という男の一挙手一投足から、その心情が平時とは違うことを見抜いた。それを言葉にしなかったのは、未練の地雷かもしれないと警戒し、また珠子を変に動揺させたくなかったからだった。

結論を出しかねている事柄もあった。

トウヤは知っているのである。フォウォレの構成員で、緑色の瞳をした少女のことを。「ノレム＝ブラック」と名乗った死神のことを。

……あの子が『緑眼の怪物』か……？

人外のような美貌に、変わった髪型。殺人者とは思えぬ幼さに、独特な雰囲気。特徴があり過ぎる少女であるが、美しい翠眼であったことは確かである。真っ先に瞳の色を伝えても、おかしくはない。

「まゆみさんは、『緑眼の怪物』って聞いて、思い付くことはある？」

判断するには時期尚早と割り切り、幼馴染の少女に問い掛ける。

まゆみは「聞き覚えはありませんねえ」と応じながらも、こう続けた。

「関係があるかは分かりませんが、緑眼の怪物(The green-eyed monster)と言えば、英語圏では『嫉妬』『妬むような目付き』という意味です」

そうして、こんな一節を諳(そら)んじてみせる。

――「Beware, my lord, of jealousy」

「It is the green-eyed monster which doth mock」

――「The meat it feeds on」

シェイクスピアの戯曲、『オセロ』の一幕。

嫉妬を緑の目をした怪物に喩(たと)え、警鐘を鳴らすシーンである。

「グリーンアイド・モンスター、ね……」

「何か隠し事があるなら、話しておいた方がいいですよ。私も嫉妬深いですから」

妖しげに笑ってみせる彼女には、トウヤも笑い返すより他になかった。

‡

客船『シェオル・ロイヤルブルー』は、神戸(こうべ)港を午後五時に出航する。

最高級の客船ということもあり、警備は厳重で武器の類は持ち込めない。CIRO-Sの身分証や護身具も全て置いていくこととなった。代わりに、潜入用の新しい携帯電話に、客船に適したフォーマルな服を支給された。

本隊とでも言うべき、別に潜入する未練の部下との顔合わせの機会もなかった。連携を取る必要もなく、何より、「誰が味方か」を理解していると自然と視線を向けてしまうことがある。

そんな些細な仕草も、見る者が見れば察するには十分だ。

『一応確認しておくんだけどさ、その監察官さんの部下に裏切り者がいるとか、フォウォレの人間が交じってるとか、そういうことはないよね？』

『それだけはないようしておくよ』

『言ったね？』

乗船券を渡される際の、そんなやり取りが未練との最後の会話となった。

「それじゃあ、楽しんできてね」と手を振られたが、珠子からすれば、そう気楽に見送られても困惑するばかりだ。まさか、まゆみと同じく、未練も「仕事がすぐに終わればただの海外旅行だな」と思っているのか。

緊張している自分の方が変なのか？　いやいや、そんなはずはないと自分に言い聞かせつつ駐車場に車を停め、コンビニで食料品を買い込む。船内にはレストランも完備されているが、何があるかは分からない。

何より、空腹だった。

「タマちゃんさ、最近、前にも増して食べる量が多いよね」

「……その呼び方はやめなさい」

サンドイッチを齧りながら、キャリーケースを引く。事実なのが辛いところだ。

きっと、それが能力の代償なんだろう。自らが「触れた相手の体重を増加させる」という異能に目覚めたと伝えた際、トウヤはそう言った。心臓をくれた相手の命を背負いたいという決意が元になったとすれば、食欲が異常に亢進するという症状は、「元の心臓の持ち主の分まで食べなければならない」ということなのかもしれない。

付加できる重量は、珠子の体重とほぼ同一、凡そ五十キログラム。条件は相手に触れること。

「こうなると、いつだったか支部長サンが言ってたことが良く理解できるよね。手荷物検査に引っ掛からないだけでも能力は脅威だ、ってやつ。自分だけが武器を持っていると考えたら、少しは気が楽になるんじゃない？　頼りにしてるよ、『焦がれの十字』さん？」

「その呼び方もやめなさい」

「えー、カッコいいのに。僕も何か欲しいんだけどな、二つ名」

取り留めのない話をしている内に乗船場所に辿り着く。一流ホテルのドアボーイのような係員に案内されるがままに、階段を上り、船に乗り込む。

一言で纏めれば、海を行く高級マンション、だろうか。

五万トン級のクルーズ客船である『シェオル・ロイヤルブルー』は、全長は二百メートルを超え、デッキは九層にも及ぶ。客室だけでも三百室以上、加えてバーやプールまであり、医療スタッフすら常駐しているというのだから、小さな街が動いていると言っても過言ではないかもしれない。

船内は船ということを感じさせないほど広く、特に壮観なのは、公然の秘密となっている裏カジノだった。部屋に入る前にチラリと覗(のぞ)いてみたのだが、出鱈目(でたらめ)に広大で、煌(きら)びやかな空間がそこにあった。

ポーカーやバカラといったトランプゲームを行う為の新緑のテーブル。ルーレットにスロットマシーン。片隅にある市松模様のテーブルはチェス賭博用の物だろうか。とても日本国内の光景とは思えない。違法行為も、ここまで堂々とされると、いっそ清々(すがすが)しささえ感じてしまう。

「なんというか、こう……。お金というのは、あるところにはあるんですね……」

このクルーズ船を運営しているジャスティン＝ベネディクトはCファイルを手放したがっていると聞いた際、珠子は「世界的企業の最高機密を処分したがるマフィアがいるものだろうか？」と訝しんだのだが、この光景を見せ付けられてしまえば、納得せざるを得ない。

本業がこれ以上なく上手く行っているのだから、余計なリスクは不要。カジノを運営しているだけで金は無限に増えていく。賭博場の胴元とはそういうものだ。

「さて、と……。別動隊は上手く潜入できたかな？」

「あの乗客の量です、大丈夫でしょう」

ベッドに腰を下ろしての少年の言葉に、そう返す。

乗船してから部屋に入るまでのほんの数分。その短い時間で、数え切れないほどの乗客を見掛けた。格好も人種も様々だ。てっきり、珠子はこういった場所には紳士淑女然とした人間ばかりがいるものだと思っていたが、若者も案外多い。何処かの大企業の放蕩息子だろうか？

尤も珠子達も傍から見れば、「親の金で分不相応な新婚旅行を満喫する若夫婦」という印象だろうが。

「……ところで、なんで当たり前のようにここにいるんですか。あなたの部屋は隣でしょう」

「タマちゃん、普段は『勝手に何処かに行くな』『近くにいろ』って言ってばっかりなのに」

「そういうあなたは減らず口を言ってばかりですね！　女性の私室に入るなんて、どういう神経をしているんですか！　いいから、さっさと隣に行きなさい！」

「えー」

最終的にはドアまで引き摺るようにして追い出したが、その判断が間違いだったと気付いたのは、暫く後。

船が動き出し、さて情報収集に向かおうかと、隣の部屋をノックした時だった。

返事がない。

ドアノブを回す。鍵は掛かっている。

「アイツ……！」

例によって、少年は無断で何処かに行ってしまったらしい。

‡

巨大な船舶は、虚弱な青年にとっては迷宮にも相当するものだったが、息を切らせながらも、どうにかメインデッキに辿り着くことができた。

少女も、そこにいた。

目的はここに来ることではなく、何処にいるかも分からない彼女を捜すことだったので、「折角だから見晴らしの良い場所に行こう」という安直な考えで動き始め、三十分と掛からずに出会えたのは僥倖以外の何物でもなかった。

「こんにちは」

出航直後、人も疎らなデッキに少女は立っていた。綺麗な翠眼は、夕陽に照らされることで一際輝くようだった。

黄昏時。誰そ彼時。

ノレム＝ブラックがそこにいた。

「前は『ご近所さんだった？』と訊ねたけれど、今日はこう質問してみようかな。ひょっとして、僕のストーカー？」

「いいえ。違います」

つれない言葉を返すノレム。

船に乗り込み、部屋に向かう道中でのことだった。乗客の一人にトウヤは紙切れを渡されていた。擦れ違いざま、手の中に押し込まれるようにして。

栁辻未練が送り込んだ別動隊からの連絡かと思い、中身を確かめた。豈図らんや、メッセージは目の前の死神からのものだった。名前と「今すぐ船を下りろ」としか書かれていない紙切れは、大学での出来事を想起させた。

あの時も、少女は警告を与えてきた。

「じゃあ、僕のことが好き、とか？」

揶揄うような問いには、「どちらかと言えば嫌いです」という更に冷たい返事。

「なら分からないな。どうしてこんな忠告をしてくれるのか」

「はい。一つ目に、あなたを試したかった」

「試す？」

「はい。あなたは以前、私に対し、『大事なのはどう生きるかだ』と言った」

「言ったね」

そんな生き方をしていれば、いつかは死ぬことになる。

そう告げた死神の少女に対して、少年は「生きている限り、いつかは死ぬ」「大事なのはどう生きるかだ」と応じた。

「『どう生きるか』とは、どう死ぬか、ということと同義。船を下りれば、あなたは死ぬことはない。あなたの死に場所――到達点は、ここですか？」

「二つ、反論があるね。僕にとっての『どう生きるか』は、死に方を決めることじゃない。死は、自分の決めた生き方の先にあるもの。付随するものだ。自らが定めた道を進んだ先に、結果的に死がある」

「嘘吐きですね。あなたは誰よりも死にたがっているのに」

少年は、何も答えなかった。

代わりに「二つ目に」と話を続けた。

「……二つ目。なんかさー、死神サンは、僕がこの船で死ぬことを前提としてるけれど、それは分からないんじゃない？」

「いいえ。分かります。あなたの物語はここで終幕です」

「死神サンが殺すから？」

今度は、少女の側が返答を避けた。

神戸港は今や遠く、岸では夕闇に包まれつつある都市の明かりが煌めいている。けれども、まだ泳げなくもない距離だ。泳ぎ切れぬとしても、すぐに救助隊が辿り着くだろう。まだ助かるのだ。

瀬戸際だった。

「海の門の傍——文字通りの『瀬戸際』です。日本人は死ぬと船に乗るそうですね。死の船出になるか、それとも、此岸（しがん）に戻るか。今、海に飛び込めば、助かります」

「瀬戸際は『狭い海峡』って意味だよ。死んだ後に乗る船は、三途（さんず）の川（かわ）を渡るもので、海に行くわけじゃない。何より僕はカナヅチだから、飛び込めば溺れて死ぬ。殺されるまでもなく、ね」

「勉強になりました。ですが、この船の名前にも冠された『シェオル』とは、ヘブライ語で『冥府』『黄泉（よみ）』という意味。今わの際にいることは事実。こんなクルーズ船に乗っているのは悪人ばかりでしょうから、皆一様に地獄に堕（お）ちることでしょう」

張り合うように知識を披露した少女に対し、トウヤは同じように「勉強になったよ」と告げ、訊（き）いた。

「それより、そっちの二つ目は？　一つ目の理由があるなら、二つ目の訳もあるんでしょ？」

歩き始めつつ、ノレムは応じた。

「はい。二つ目は私の都合です。あなたにここにいて欲しくない」

「大事な仕事でもあるの？」

またも答えを避け、代わりに死神はトウヤの前まで来ると、肩掛けの小さなバッグからミネラルウォーターを取り出した。アルファベットで書かれた説明は、辛うじて英語ではないことは分かるが、何処の国の製品かは見当も付かなかった。

これを。そんな短い言葉と共に、ペットボトルを手渡される。

「差し上げます。私からの餞別です」

「何これ。クイズ？」

「いいえ。あの人風に言うならば、彼に渡してくれてもいいし、渡さなくてもいい」

「！」

その、判断をこちらに委ねるような言い回しは。

まさか。

「……死神サンが、『緑眼の怪物』？」

去り行く背中に問い掛ける。

今度は、答えが返ってきた。

「誰もが嫉妬に狂う化け物(グリーンアイド・モンスター)に成り得る……。私も、あなたも」

ノレムは船内に姿を消した。

黄昏時は終わりを告げ、夜が訪れる。

長い夜が。

‡

レストランでの夕食時。珠子が小言をやめたのは、目の前に座る少年の耳に、発言内容が何一つ入っていないと気付いたからだった。

上の空、というよりも、何か、別の事柄に集中しているような印象だ。特徴的な光を宿した黒の瞳が輝いている。こういう時のトウヤは、自分では思いも寄らぬことを考えているのだ。

策を練っているか。それとも、策を見抜こうとしているか。

「……私に手伝えることはありますか？」

フォークを置き、問い掛けてみると、笑みが返ってきた。

「さっきまで滅茶苦茶怒ってた癖に、急にどうしたの？」

「何か、懸案事項があるんでしょう？」

「鋭いね、タマちゃん」

「いい加減、分かるようにもなりますよ」

係員を呼び、気になったメニューを四つほど注文する。旅券の代金も含め、費用は未練持ちだ。気にする必要はない。

何より、珠子には代償がある。甲状腺機能亢進症に近いその対価は、体重減少。聞くに、エネルギー消費が異常なほどに亢進してしまっているらしい。肝心な時に空腹で動けない、という間抜けな事態を防ぐ為にも多めに食べておく必要がある。

いつでも食事の時間が取れるという保証は何処にもないのだから。

「心配してくれるのは有り難いけれど、やっぱりまだ、纏まってないから、何も言えないかな。あ、ワイン飲んでいい？」

「駄目です。仕事中ですよ。そもそもあなた、未成年でしょう」

いつもの軽口で誤魔化してこそいたが、分かってしまった。「自分が心配しているのと同じように、彼も、私のことを心配してくれているんだ」と。

余計なことを言って、動揺させたくない。困惑させたくないのだ。だから、黙っている。そんな気遣いもいい加減、理解できるようになっていた。推理や謀略に協力できないことに歯痒（はがゆ）さもあるものの、嬉しさもあった。

トウヤは言う。

「……分からない。分からないんだけど、今回は本当に、『何もしないこと』が正解かもしれない」

「栂辻監察官の言う通り、ここにいることが重要だ、と？」

「うん。ただ旅行客を装うのが良いのかも」

「……分かりました。あなたの指示に従いますよ」

「タマちゃんは僕の上司なのに？」

「頭の良さは、あなたの方が上ですから。そして、その呼び方はやめなさい」

ふふ、と少年は小さく、楽しげに笑った。

何はともあれ、情報収集が必要だ。それだけは確定している。

トウヤはカジノで遊ぶ客の一人として、珠子は船内を観光しているフリをして、周囲を観察する。そう決まった。他の乗客に紛れていれば、別動隊がそれとなく接触してくることもあるだろう。

そして、くれぐれも目立つような行動はしないこと。戻橋トウヤ、雙ヶ岡珠子の両名の容姿は、鳥辺野弦一郎を通じ、フォウォレに知れ渡っている。規則も罰則もない異例の秘密結社であるが、だからと言って、「きっとあの准教授は仲間に何も伝えていないだろう」と考えるのは短絡的過ぎる。見張られている、と思うべきだ。あるいは、ヒイラギのように復讐を目論む者もいるかもしれない。

故に目立たないことと同じく、敵が襲いやすい場所に行かないことも重要だ。この方針は陽動という任務にも合致していた。三百人の乗客に紛れれば、監視も至難。それだけで、敵は「この二人を見つける」「動向を探る」ということが難しくなる。

合流は三時間後。何か問題が、あるいは発見があれば、携帯電話にて連絡。

そう決定し、解散となった。

「ところでタマちゃん、まだ食べるの？」

「好きで食べているわけじゃないですよ。……美味しいですが」

「締まらないなあ」

仕方ないでしょう！　と語気を荒らげる珠子を残し、トウヤはカジノへと向かった。

‡

ルーレットテーブルをぼんやりと眺める。

時刻は八時過ぎ。出航時は人も疎らだったが、夕食時を過ぎると共に一気に客が増え始め、今や、本場のカジノもかくやという盛り上がりを見せている。ウェルカム・パーティーは今も続いているはずだが、ピアニストの生演奏よりも、こちらの方が人気なのかもしれない。

この異様な熱気が冷め、敗者達が我に返るのは何時間後になるだろうか。ここに集うほとんどの人間は、最後には負けるのだ。少なくない数は、取り返しの付かないほどに。

「さてさて……」

ノンアルコールカクテルで喉を潤す。考えることは山ほどあった。

死神の少女、ノレムのあの口振り。彼女は椥辻未練と繋がっているのだろうか。だとすれば、先のR大学の一件も違った見方ができる。「ただ事件解決を望んでいただけ」ではなく、その裏で、各方面の動きを目敏(めざと)く監視し、如才なく立ち回っていたのだろう。トウヤが指摘した通りに。

未練がノレムと繋がっていたとして、それは必ずしもイコールで、「トウヤ達を裏切った」と結ばれない。公安や内調に背いたとも言えないのだ。何故ならば、フォウォレはただの違法組織ではないからだ。

　世界的な犯罪結社でありながら、同時に歴史的に見ても珍しい、ルールやモラルを全く有しない集団。「何をしなければならない」「何をしてはならない」という規則が存在しない。何一つ認識を共有せず、そう名乗っているだけの魔眼遣いの集まり。だからこそ、リーダー格であるウィリアム＝ブラックが殺されても、復讐する人間もいれば、我関せずを貫く者もいる。鳥辺野弦一郎の実験に協力するかどうかも自由で、危機に陥った一ノ井貫太郎を助けるかどうかも、また自由。自由を遥かに通り越し、組織としての体裁を保てないほどに、無法。それが『フォウォレ』だった。

　そういった集団であるからこそ、未練とノレムにラインができていたとしても、「未練がフォウォレに付いた」とはならない。分かることは、「二人は交流がある」というだけである。

　加えて、敵対勢力に繋がりを持つのは諜報機関の有り触れたやり口でもある。

……監察官さんのやり口や性格的に、多分、情報収集の為の人脈の一つだろう。一旦はそう結論付けておく。「ノレムはスパイで、元々、未練の仲間である」「思いも寄らない目的の為に協力している」等々、他にも無数の可能性はあるが、考え出せばキリがないため、今回は思考から除外する。

考えるべきは、二つ。

一点目は、「ノレム＝ブラックが『緑眼の怪物』か？」ということ。二点目は、「ならば何故、ノレムは未練の部下を殺害するに至ったのか」である。

交渉が決裂したか。それとも、未練の部下が偶然、ノレムの秘密を探り当ててしまい、仲違いとなったか。あるいは、特に理由などないのか。……あの死神の少女のことだ、知り合いの部下であっても仕事ならば殺すだろう。

考えたところで答えは出ない。ならば、こちらも先ほどと同じく、保留しておくこととしよう。

何らかの経緯を経て関係が悪化した。そう仮定すると、次に疑問となるのは、「何故戻橋トウヤに接触してきたのか？」である。挑発か、宣戦布告か、それとも和解の申し入れか。

試しに、逆方向から考えてみよう。

即ち、「ノレムが未練との関係を仄めかす意図は何か？」だ。

……僕にこうやって考えさせることで、監察官さんを疑わせて、作戦の邪魔をすることが目的、か……？

意味深な言葉を吐き、疑心暗鬼に陥らせる。内容は適当であればあるほどいい。根拠のない疑惑は晴らす方法がないからだ。トウヤ自身、ギャンブラーとして使う手法なので良く分かる。

先に挙げた一点目が全くの誤りで、つまり、「ノレム＝ブラックは『緑眼の怪物』などではない」としよう。その場合も問題は同じだ。

如何なる理由で、あの少女は椥辻未練のことを連想させようとしたのだ？と。

「兄ちゃん、一人でどったのよ？」

馴れ馴れしく声を掛けられ、思考を中断させられることとなった。

異様に目立つ男だった。テクノカットに、紫のサングラス。独特のセンスだ。それが流行の最先端なのか、それとも単にセンスがないだけなのか、服飾に疎いトウヤには全く分からない。

ワイングラスを片手に、ほろ酔い調子で男は続ける。

「なーに？　賭けた金を全部スッちゃったとか？　なら、俺がちょい貸そうか？」

遠慮します、と言い掛け、すぐにトウヤは考え直した。

「いくらくらい貸してくれるんです？」

「おっ、ノリぃーねぇー。ちょい耳貸しな？」

言って、肩を組んでくる男。

瞬間だった。

頭の中に声が流れ込んできた。

（……怪しまれるぞ。考え事もいいが、ちょっとは遊んでるフリしろ）

接触型のテレパスか。能力とは思わなかったが、こういった展開は予想していた。

（こっちの声届くの、これ？）

（ああ、届くよ。それにしても、驚かないんだな）

（あなたが普通の人じゃないって、直前で気付いたから。というか……スパイとか、その手の人かな、って）

怪しまれないよう、適当なギャンブル必勝法を語りながら、（なんで分かった？）と脳に直接語り掛けてくる男。対し、トウヤは小さく「目だよ」と応じる。

仕草は酔い潰れる寸前そのものだが、その瞳だけは鋭かった。一瞬、サングラスの端から見えただけで分かるほどに。「この男は少しも酔っていない」。そう気付けば、後は芋づる式。

（酔っていると思われたい人間……。で、サングラスという明らかに怪しい装飾品もあえてだよね？　マスクとか、色付きの眼鏡とか、変装が上手い人ほど使わない。「姿を隠したがってる」ってバレバレだから。僕達も魔眼対策の眼鏡とかつけられなかったし、その逆を突いた）

（噂に違わぬ頭のキレだな、戻橋トウヤ。俺は音羽(おとわ)だ、よろしく。本当はこうして話すつもりもなかったが、従業員として潜り込んでいる仲間からとんでもない情報が入ったから、一応、伝えに来た）

バカラで勝った額を陽気に叫びながら、心の内ではゾッとするほど冷静な声音で、音羽は言った。

（……客の一人が殺された。どうもこの船、化け物が交じり込んでいるみたいだ）

見えるものと、見えぬもの

星を掬った聖杯は、何処にあると言うのだろう？
その一杯に何が満ちるか
何を願って、何を救うか

賭けている。

懸けている。

掛けている。

どうしようもなく――カけている。

あの少年もそうなのだろうか？　……いや、考えるまでもない。きっとそうなのだろう。彼も同じように、賭け続けてきた人間なのだ。そうしなければ、生きていけない。生を実感できない欠落者。

賭け続けている。

何者かで在る為に。何者かに成る為に。

気が狂れているとしか見えない振る舞いも、突発的な凶行も、裏には確かな計算がある。支離滅裂なのではない。無秩序で無軌道であるようでいて、その実、非常に合理的だ。熟練の手品師のように。あるいは、嘘吐きの魔術師のように。

ただその思考が破綻してしまっているだけで。

その望みが、願いが、祈りが――普通の人よりも、強いだけで。

それもまた、同一だった。

まるで表裏だ、と人知れず笑みを零す。親近感が湧く。ゆっくりと話してみたい気もする一方で、たとえコインの表裏であろうと、自分を曝け出すことなどできない、とも思う。きっと彼も同じ考えだろう。

心を詳らかにすれば分かってしまうから。

何も異常ではないことが。少しも狂っていないことが。

そんな普通で、平凡で、特徴のない自分を認めることなどできない。そんな在り方は許容できない。だから秘めておかなければいけない。自分が、本当はどういう存在かなんて。

だから賭けるのだ。

賭け続けて、生きていくのだ。

その先に破滅しかなかったとしても。

‡

「観光しているフリをし、船内の様子を窺う」。それが珠子の側のミッションだったが、好きに歩き回っていればいい、というわけではなかった。

まず、VIPルームがあるフロア、七層目南エリアは避けるべきだ。「関係者専用の部屋が用意された区画であり、ご予約はできません」とホームページにはあるが、この情報は、ほんの一部でしかない。関係者とは、つまり、この船を共同運営しているマフィアや黒社会の重役のこと。船旅のプランを組んでいる旅行会社の社長や、表向きの船を所有する観光企業の大株主でも、VIPエリアには入れない。

かと言って、如何にもな人員——黒服の屈強な男が廊下に立ち、監視しているわけではない。少しだけ珠子も様子を窺ってみたが、廊下に注意書きがあるだけで、他のフロアとそう違いがあるわけではなかった。

……でも、廊下の先はすぐに曲がり角になっていた。

階段を下りながら記憶を掘り起こす。

ちょうどT字路（ティーじろ）のような形だ。船舶の構造やユーザビリティーは関係ない。不便を承知で、あえてそうした形にしているのだろう。角を曲がった先に見張りを置くために。一本道の側からは完全な死角となる為に何も見えず、一方で、監視者は廊下から来た人間を即座に見つけることができる。更に、裏社会らしい人間を目撃させないことによって、一般客に違和感を抱かせないようにしている。

小癪（こしゃく）なやり口だが、思わず感心してしまう。恐らく、設計の段階から計算尽くなのだ。違法な商売をする場として、この船を造ったのだ。

未練からは、通常の交渉や商談はＶＩＰエリアで行われていると聞いていた。「通常」とは言え、違法薬物の売買や武器密輸の話し合いも多いので、彼等の通常ではあれ、一般的な商談ではないのだが、それはこの際、置いておく。

問題は、そこがＣファイルに関する取引会場になっているかどうか。

紛れもない第一候補だが、あまりにも、それらし過ぎる。事情を知る人ならば誰でも分かってしまう。そんな場で、最高機密について話すことがあるだろうか？

どちらにせよ、ＶＩＰエリアのような特別な空間には、その他大勢の客として潜入している珠子には入り込めない。別行動の本隊に任せる方が賢明だろう。

行くべきではない場所は他にもある。

厨房（ちゅうぼう）やスタッフルーム、あるいは操舵室（そうだしつ）のような、従業員が出入りする部屋。こちらも観光客然とした姿の珠子が調査するのは不可能だ。

適当な人間を昏倒（こんとう）させ衣服を奪い、変装して忍び込む……、という作戦もできなくはないものの、避けた方が良いだろう。

道徳心の問題ではなく、リスクの問題である。従業員を気絶させ、制服を奪うのだから、気を失った人間の分、船の人員が減ることになる。その人間がこなすはずだった仕事が完了しないままになるということだ。「休憩時間なのに交代のスタッフが来ない」というような、些細なトラブルで異常に気付かれる可能性がある。流石に良案とは言えない。

そういった事情から、従業員に変装し潜入する、という方法は、ファイルの場所に確信が持て、その手段が最も適当な場合にのみ選ぶべきだ。

こちらにしても、本隊の人間が「予め制服を手に入れておく」「内通者を作っておく」等、リスクの低いやり口で捜査を進めていると考えられるので、無理に手を出す必要もない。

その他、船上プール周りも行かない方が良いだろう。生憎と、珠子は水着を持って来ていない。まさか、普通の格好で水場を散策するわけにもいかない。何かを探しています、と宣言して回っているようなものだ。

「……とは言っても、」

そんな場所で商談はしないだろう、と独り言つ。

珠子が立っていたのは船の最下層、機関部があるフロアだった。周囲には人気もなく、豪華客船とは思えないほどに寒々しい空間がそこにあった。照明が少ないせいで薄暗く、全体的に手狭で息苦しい。

地鳴りのように低く響いているのはエンジン類の音だろうか。何万トンという船を動かしていることもあり、壁全体が振動しているような気さえする。

一応は一般開放されている区画であるものの、出入りするのは、専ら機関手や操機員くらいのもの。壮大な大海原の眺めに、最高級の料理とアルコール。ピアノの生演奏等、各種催しや、目玉である巨大カジノ。それらを差し置いて、機関部の音が聴きたい乗客がいるはずもない。

その事実を承知でわざわざここに訪れた理由は、単に、船内を上部から下部へ、順番に巡っていたという事情が一点。「犯罪組織が違法取引を前提に設計したならば、誰も近寄らないエリアに隠し部屋を作ったかもしれない」という推測が、もう一点。

目論見（もくろみ）も外れ、秘密の空間どころか、誰一人として見当たらない。

一般客が立ち寄らない場所にいる、というだけで、怪しまれるきっかけになり、監視は容易となり、敵は襲いやすくなる。推理は的外れのようなので、さっさと退散するべきだろう。

だが。

「……あれ？」

通路の奥、何かが煌めいた。

見えたのは金のロングヘアーか。見間違いだろうか？　しかし、無愛想な色合いのフロアには、そうと勘違いしそうなものは一つもない。かと言って、目の錯覚だと切り捨てるのは早計だろう。

金髪が見えたのは、黄色いチェーンの向こう、関係者以外の立ち入りを禁じる旨が記された札の先。「……見に行く、か？」。取引が行われる隠し部屋を見つければ大金星、『緑眼の怪物』らしい怪しい人影を見つけただけでも大手柄。

悩んだ末に、珠子はそっと歩を進めることにした。

その選択こそ早計だと分かったのは、ほんの数秒後。

「――怪しい奴、はっけーん」

背後からの声に振り向く。一人の男が立っていた。

崩して着た船員服に、咥えた電子タバコ。それだけで真っ当なクルーではないと分かるが、何よりも異常だったのは、手にあるポンプアクション式のショットガン。

レミントンM870らしき銃器を肩たたき棒代わりにしていた青年は、如何にも怪訝そうな視線を珠子に向けている。

「……いえ、違うんです」

とりあえず言い訳の言葉を紡いでみるも、反応は芳しくない。

「何が違うんだよ。立入禁止のチェーン、乗り越えてるだろうが」

「それはそうなんですが……！」

「わかった。話は偉い人が聞くから、お前は俺のボーナスの為に、さっくり気絶しちゃってくれ」

瞬間、ショットガンが火を噴いた。

‡

前提として今回の任務は公安と内調の合同作戦である。

講じられている策は三つに大別できる。

一つ、「戻橋トウヤ・雙ヶ岡珠子の両名を乗船させる」。フォウォレと因縁が深い二人を船に入り込ませ、牽制(けんせい)を行う。肝となるのは、「フォウォレを始めとする敵側が『戻橋トウヤと雙ヶ岡珠子が船にいる』と認識する」ということなので、極端な話を言えば、二人が実際にいる必要はない。「いる」と思い込み、警戒してくれれば、それでいいのだ。

二つ、「内調の諜報員が潜入し、ファイルの奪還を図る」。一つ目の策により注意を割かせ、その隙を狙う形だ。

三つ、「『白の死神』を始めとする公安部隊が乗り込み、武力で制圧する」。香港到着までに決着を見なかった際の最終手段である。ただ、これは内調としては公安に貸しを作る形になり、日本としては香港政府に貸しを作ることになるため、あまり望ましくない。

これらが栁辻未練が語った概要である。未練が話していないだけで、他にも策は実行されているとトウヤは見ていた。作戦実行の主導権争いや情報戦、小競り合い等、水面下での戦いを含めれば、無数の謀略奸計が入り乱れているであろう。

しかし、戦略面においてトウヤが最も警戒したのは、「潜入する諜報員が信用できるかどうか」だった。

トウヤ等には、本隊として行動するエージェントがどのような人物なのかは知らされていない。情報漏洩対策だった。仲間が誰かを知っていれば、情報を提供し合い協力することもできるが、ふとした瞬間に——例えば危機的状況に陥り、安否が疑問視される中で——視線でその人物を追ってしまう、ということも有り得る。連携の為に仲間の動きを確認することが、敵からすれば、「コイツが気にしている相手が仲間だな」と推測する材料となってしまう。

トウヤが諜報機関の人間としての訓練を受けていないこと、珠子の練度が足りていないこと……。そういった事情はあるにせよ、無意識的に動いてしまう視線を制御するのは、そもそもとして至難の業だ。

表裏である。連携は強力な武器であるが、連携しているが故に、自分の動きが仲間の映し鏡になってしまう。

敵味方が入り乱れる状況で散弾銃を放つことは、まずない。当たり前だ。味方が被弾（フレンドリー・ファイア）する可能性がある。

しかし、味方の存在を隠している状況下で同じ選択をすれば、「何故撃ってこないのであろう？」という疑念から、「撃てない理由があるのだ」と推測され、「間者が紛れ込んでいるのだろう」と看破されてしまう。

そういったことを重々理解している未練は、あえて、トウヤ等に別動隊の素性を明かさなかった。

だが、トウヤの側からすれば、敵に「未練の命令で潜入している」と騙られ背後から刺される危険性や、潜入した人間が裏切る可能性を気にせざるを得ない。何せ、相手のことを全く知らないのだから。

『もう一度確認しておきたいんだけどさ、別動隊の人達が僕達を裏切ったりすることはないよね？』

乗船直後のことである。

珠子に摘み出され、自室に戻ったトウヤは、未練に連絡を取った。

『そういった可能性が低い人間を選抜したつもりだよ』

『最初からフォウォレのスパイだったー、とか、本当に勘弁してよ？』

『努力はした。多分、それはない』

はっきりしない返事だが、嘘はない。その曖昧さこそが誠実さなのだろう。

部下や同僚だとしても分からないことだらけで、それが普通だ。未練にできたことは、常日頃から観察を怠らず、怪しい動きがないかを気を付けておくだけだ。「絶対にない」とは言い切れない。そういうものだ。

世界には案外、明白でない事柄が多い。

表の裏は、裏であるとは限らない。

『洗脳や変装の可能性は？』

『公安最高のサイコメトラーに協力を仰いだ。どっちもないはずだ。能力の方も作戦開始前に確認してある』

『能力？　ああ、なるほどね』

特異能力は心で現実を侵食する力だ。だからこそ、一人ひとり違った異能が宿り、対価や制約も異なったものになる。似た能力は数え切れないほどあるが、同じ能力は存在しないと言っていい。それは「似た人間はいても、同じ人間はいない」ことと同義である。

未練が触れたのは、そのことを利用した本人確認だ。同一の異能を持つ人間はいないのだから、異能を見れば、本人かどうかを確かめることもできる。

電話先のエリートは言った。

『「他人の能力を使う能力」っていうのもあるから、この確認方法も絶対とは言えない。実際、「白の部隊」には「他人の異能を奪う」って力を持ってる奴がいるしね』

『へー。そういう人が、Cファイルを求めてたりするのかな？　リストの子ども達の力を奪えば自分はもっと強くなれるし』

トウヤの問いには答えず、続けた。

『特異能力は、身体強化系、概念操作系、精神感応系、空間支配系、時間干渉系の五つに大別されるんだけど、他人の力を盗んだり、模倣したりする異能は、どれにも属さない、レアなものなんだ。そうホイホイと見つかるものじゃない』

『それは可能性が低い、って意味にはなっても、「緑眼の怪物」の能力がそういうものじゃない、って証明にはならないんじゃない？』

『ならないね。だからこそ、君を送り込んだ』

本隊として送り込んだ諜報員達は一流の人材ばかりだ。大抵の任務はそつなくこなすことだろう。今回の件にしてもそうだ。未練の思惑通りになるはずだ。

しかし、尋常ならざる相手や状況ならば、どうか。

ただの修羅場ではなく、異常な戦場。ただ死の危険があるだけではない、前提が破綻してしまうような場。一生に一度、あるかないかの状況。そういった空間においては、正規の訓練よりも、むしろ、センスや運が有用だ。椥辻未練はそう考えていた。

そして、その読みや感性について、この少年以上に秀でた者はいないとも。

『こちらから本隊の情報を伝えていない以上、連携し協力しろ、と言うつもりはないよ。君は君の判断で、好きに動いてくれればいい』

『でも、僕の行動が他の諜報員さんの邪魔になるかもよ？』

『邪魔にはならない方がいいけれど、なっても構わない。大事なのはCファイルだ。目的さえ達成できれば、誰がやったとか、手段が何だとか、どうでもいいんだよ』

終わりさえ良ければ、僕の予想も好きなだけ裏切ってくれていい。

いつものように、いい加減な調子で未練はそう告げたのだった。

‡

アメリカンスタイルのホイールが回る。

ルーレットテーブルの黒にカジノコインを一枚置いた。やがて球が落ち、「黒の35」とディーラーが宣言する。歓喜に沸く者もいれば、肩を落とす者、やってられるかと言わんばかりに席を立つ者もいる。賭場においては有り触れた風景だ。

黒か赤のアウトサイドベットの場合、配当は二倍。約二分の一の確率で、賭けた金が二倍になり返ってくる。しかし、ポケットの中のビスケットのように、テンポ良く倍々になっていくわけではない。凡そ二分の一の確率なのだから、二回に一回は負けるのだ。

加えて何も考えていないのだから、勝ち続けられるわけもない。

ルーレットで思案思考を巡らせたところで、どれくらい意味があるのか、という疑問はあるが。

「……………」

頬杖をつき、考える。周囲の人間は賭け方について悩んでいると思うだろうが、豈図らんや、トウヤが考えているのは、ある殺人事件についてだった。

潜入調査員である音羽が語ったところによると、殺されたのは乗客の若い女。自室で死亡しているところを部屋を訪れた乗務員が発見した。幸いにも、と言うべきなのか、速やかに隠蔽工作を行ったので騒ぎにはなっていない。

人が一人死ぬ程度のアクシデントでは、このドル箱の運航をやめるつもりはないらしい。当然か。今回のクルーズはCファイルの取引という重要な案件もあり、何より、この船は反社会勢力の縄張り。刃傷沙汰を起こされたと言って、警察に頼るようではメンツは丸潰れ。せめて犯人を見つけ出し、相応の報いを受けさせた後でなければならない。

丸潰れ、と言えば、被害者の顔も潰されていた。更に、右手の関節は壊されていた。これらの情報から、犯人は女の腕を掴み、関節を極め引き倒すと、そのまま頭蓋を掴み、顔面が完全に陥没するまで机や床に叩き付けた……、と考えられる。

スタッフが被害者の部屋を訪れた理由は、「空調の効きが悪いので見て欲しい」と電話で連絡があったからだという。

……電話をしたのが、被害者本人だったとして……。

物取り目的の犯行としては残虐過ぎる。可能性は低いだろう。

怨恨が動機だとして、殺人方法から考えるに、犯人には相当な憎悪があり、けれども、被害者は呑気(のんき)に電話をしていたのだから、直前まで自分が殺されるとは思っていなかったということになる。

また、計画的な犯行ではないだろう。海を行く船舶は、言わば、巨大な密室だ。自(おの)ずと容疑者は限られてくる。このシチュエーションが、犯人にとって必要不可欠だったのだろうか？

しかし、トウヤが考えるべきは巧妙なアリバイトリックではない。

死んだ女性には悪いが、ただの殺人事件ならば、正直なところ、どうでもいい。

……真っ当な殺人事件じゃなかったとしたら？

そう。

肝要なのは、犯人が『緑眼の怪物』か否か、という点だった。

答えが「否」だとすれば、別種の化け物とぶつかる可能性も考慮しなければならない。Cファイルを狙う別の刺客か、それとも、シリアルキラーか。どちらにせよ、人を躊躇(ためら)いなく殺す危険な人物には違いない。

珠子にはメールで伝達済。だが、あれほど連絡に重きを置く彼女らしくなく、未だ返信はない。

一抹の不安が過る一方で、さもありなんという思いもあった。さして時間が経ったわけではないし、常に携帯電話を気にしながら一人で徘徊している乗客など、怪しさの塊だ。報告は連携に欠かせないとは言え、時と場合による。

また、切迫した事態では別の連絡方法にすると決めていた。「電話を掛け、スリーコールで切る」。こちらは「至急連絡」「危機的状況故、援護を求む」の合図だ。

……僕はともかく、タマちゃんは捜査員としての訓練を受けているわけだし、うっかりピンチに陥るってことは考えにくい。

そもそも、フォウォレにしろ、この船を運営する裏社会の人間にせよ、あるいは他の組織にせよ、トウヤや珠子を発見次第、即始末する、ということはできない。他の乗客がいる以上、安易に戦闘を起こせば騒ぎになってしまう。彼等は取引をしたいのだ。得策ではないだろう。

精々が不審な動きがないかを監視し続けるくらいか。暴力を振るうのは港に着き、死体の始末の目途が付いてからでもいい。

諸々を鑑みて、大丈夫だろう、と結論付けるトウヤ。

そこには珠子への信頼と、多少ならず、覚悟があった。我が身が可愛いだけならば、常に一緒にいれば良いのだ。二人纏めて殺される可能性があり、情報収集の効率は下がるものの、バディで行動していた方が、基本的には対処できる事態は多い。

要するにトウヤは、「二人で捜査する」のではなく、「分かれて情報を集める」に賭けたのだ。

ルーレットにおいて赤と黒のどちらに賭けるかに等しい。根拠はあれど、それはただの勘違いや希望的観測かもしれない。何にせよ、ベットした後にできることはない。次にどう張るかは、球が落ちてから決めるしかない。

「そろそろなくなっちゃうな」

そうこうしている内に、カジノチップが心許なくなってきていた。何も考えずに、適当に賭け続けていたせいだろうか。

元手は未練から「調査費用」として受け取ったものなので、現状、トウヤの懐は少しも痛んでいないのだが、このままカジノで遊んでいるフリを続けるならば、自腹になってしまう。流石に負け過ぎた。

と、支給された携帯を取り出した時だった。

「――知恵を貸そうか？」

スカジャンを羽織った少女が、隣に腰掛けた。

先ほどまで、チェス賭博を行っていた若い真剣師だ。テレビに映るハーフタレントでも到底敵(かな)わないほどの端麗な容姿をしている。年は二十歳前後だろうか。勝負を横目で眺めていたのだが、ビショップのd6(羽生定跡)が珍しく、印象に残っていた。

否、違う。彼女のことが気になった理由は、別にある。

少女の瞳は、エメラルドのような美しい翠眼だったのだ。

「へえ。必勝法でも教えてくれるの？」

「必勝法はないけど、近いことは教えられる」

ワンレングスの金髪は、指で弄ばれるとキラキラと輝く。白い肌は海外の血を強く思わせた。ヨーロッパの出身か。日本語を流暢(りゅうちょう)に操っていることから察するに、日本育ちなのかもしれない。

気だるげな瞳でトウヤを見つめてくる少女。品定めしているかのようだ。

「ギャンブルって、自分で賭けるより、勝ち馬に乗る方がずっといい」

「つまり、自分に投資しろ、ってこと？　チェスの腕前は相当みたいだけど」

「違う」

　素っ気なく否定し、次いで、声を潜めて続けた。

「……ブラック・ジャックをやってる四番テーブル。ニット帽の若い男。それだけで分かると思う」

「本当かな？」

「うん。チキン・ディナー（バカ勝ち）も夢じゃない。尤も、」

「尤も？」

「あなたが噂に聞く『戻橋トウヤ』なら——だけど」

　全身の肌が粟立（あわだ）った。

　恐怖に、緊張に——何より、それらが生じさせる高揚感に。

　思わず零れる笑みを隠しもせず、トウヤは立ち上がる。

「そんな情報を教えて、そっちに何の得があるの？」

「得はないけど、恩を感じてくれるなら私のお願いを聞いて欲しい」

「へえ？　〝お願い〟には慣れたけれど、名前も素性も知らない人の言うことを聞くのもなー、って感じもする」

「テリコだよ。シェオルの代打ち」

面倒そうに応じ、「これでいい?」と問い掛けてくる。

嘘はない。

彼女は本当に、この船を運用するマフィアの代打ちなのだろう。

「ちなみに代打ちさんはさー、『緑眼の怪物』って知ってる?」

去り際にそう訊くと、

「……皮肉? 緑色の目なんて珍しくもないのに」

という、不機嫌そうな返事が戻ってきた。

少女の言葉には、やはり、嘘はなかった。

‡

宮台(みやだい)にあるペットボトルを取り、喉を潤す。隣に置かれた時計はチクタクと妙に耳障りだ。作戦が進行中ということもあり、気が立っているのだろうか? 「らしくもない」と吐き捨て、未練はダブルベッドに寝転がる。

広過ぎる寝台にはスマートフォンが二台とガラケーが三台、タブレットが一台。傍らの机にはノートパソコンまでがある。ギーク染みているが、仕事に必須なので仕方なく使っているだけだ。一つに纏めないのは、ささやかな傍受対策だった。

仕事が増える度に端末も増える。電子機器の類は詳しくない。新しい機種を手に入れる度に、友人や部下に設定やカスタマイズを頼んでいた。

そういった相談に乗ってくれる相手も、先日、一人減ったわけだが。

「…………」

暗い部屋の中。

カーテンを閉め切り、天井を眺めていると、彼の言葉が頭の中で反響する。

――『すみません、未練さん……！　敵は緑眼の……ッ』

通信はそこで途絶えた。

謝るより先に伝えるべき情報があるだろう、と叱ってやりたいところだが、最後の瞬間まで任務に殉じた姿勢を讃(たた)えて、不問に付すことにしていた。向こうも死んだ後にまで小言を言われたくもないだろう。第一、伝える手段がない。

死んだ人間は、戻ってこない。

十年近く前、院から出てきた少年に声を掛けた。

母親は再婚しており実家には帰りづらく、真っ当な職に就くには若過ぎて、学歴もなかった。彼は都度、「その癖に犯罪歴だけあるんだから救えないっスよね」と笑い、「だから未練さんに拾って貰えて、感謝してます」と続けた。

その度に、感謝されるようなことじゃないよ、と告げたものだった。「スキルを活かせる仕事を斡旋した」と言えば聞こえは良いが、暴力団や半グレよりも余程、後ろ暗い、国家の闇に引き込んだ。行くところのない若者の弱みに付け込んだのだ。こんな職に就かなければ死ぬことはなかった。人当たりも要領も良い奴だったので、アルバイトでも日雇いでも上手くやって、幸せになっていたと思う。世間様には尊敬はされないかもしれないが、確かな幸せを摑んでいただろう。そんな未来もあったはずだ。

その可能性を椥辻未練が潰した。

選んだのは本人だとしても、自分が殺したに等しい。

「分かってる。悔やむつもりはないよ」

呟いた言葉は何処にも届かず、消えた。

後悔に対し、涙を流すことは自分を許すことだ思っていた。過去を清算し、傷を癒すことだと。またそれは、自身の為にこそなれ、他者にとっては何の意味もないことだと。

だから栁辻未練は涙を流さない。

後悔を、過去を、傷を、忘れたくないと願うから。

それとて所詮、他人にとっては意味のないことなのだろうが。

「！」

と、その時、電話が震えた。ガラケーの一つを手に取る。

カジノの騒がしい声を背景にして、あの変わった少年、戻橋トウヤが独り言のように話し始める。「偽装かな？」。意図をすぐに察した。

スピーカーフォン状態にして、独白を装い情報を伝えているのだ。

『……それにしても、タマちゃんは何処に行ったんだろ。テリコとかいう子のことについても相談したかったのに……。あ、スプリット』

どうやら興じているのは21（ブラック・ジャック）らしい。ディーラーの言葉と周囲の歓声で、相当勝っていることが分かる。

船にいてくれればいい、実際にはおらずとも「船にいる」という情報が向こうに伝わればいい、と指示したのは確かだが、大勝ちするまで遊べ、とは一言も言っていない。本当に旅行気分でいられても困る。

まあどっちでもいいんだけど、と未練が呟くと同時に、通話が切れた。トウヤの側が切ったのだろう。

「さてさて」

メールを打ち始めながらタブレット端末を起動し、スマートフォンにも手を伸ばす。

「テリコ＝ティンズリーはシェオルの代打ち。雇われて勝負をする人間」。そんな文面を送信し、続けて、珠子にコールを。左手では別の携帯で、本隊の部下に掛ける。雙ヶ岡珠子の行方について訊ねるつもりだった。

本人が出ないことが分かると、タブレットの液晶を操作し、CIRO-Sが支給した携帯に仕込まれている発信機を起動。少女の居場所を割り出す。船体下部、機関部周辺。既に殺され電話のみ捨てられている、ということがなければ、そこにいるはずだ。

次いで、潜入している捜査員に「手が空いている者は雙ヶ岡珠子を捜索。別用あれば無視して構わない」と通達し、最後に作戦の進行状況を内調と公安に連絡すれば、一段落。

一息つこうと、ペットボトルを手に掴むと同時に、別のスマートフォンが震えた。

『音羽です。向かいます』

「分かった。言った通り、忙しいなら放置で良いから。殺されることはないだろうし」

『了解。なお、被害者は二名に増えました』

　こちらが本題だったのだろう。電話越しの部下、音羽の声の真剣みが一気に増す。

二人目の被害者は中年の男。個室トイレの中で発見された。巡回していた警備員が、ドア下から垂れてきた血痕を不審に思い、ドアを開けると、中で死亡していたという。潰したトマトのようになった顔が便器の中に突っ込まれていたのだ。スタッフが見つけなければ乗客が発見し、パニックになっていたことだろう。今回も、なんとか隠蔽工作ができたらしい。

　果たしてそれは幸運だったのか、不運だったのか。乗客が見つければ、即座に警察の出番となっていたはずだ。Ｃファイルに関する取引は中止になっただろう。その場合、果たして誰が、どの勢力が得をしたのか。

　考えても詮無きことか、と思い直し、部下の報告に耳を傾ける。

『死亡推定時刻や身元はまだ分かっていませんが、一人目の被害者と同じような状況だったらしいので、同一犯でしょう』

「なるほど。また腕を圧し折るか膝を蹴り抜くかして、逃げられないようにした後で殺したのかな」

『便座が血塗れだったそうなので、頭を掴んで叩き付けたのではないかと』

「そりゃあ、清掃員は大変だ」

マフィアの下っ端へ思いを馳せつつ、未練は訊いた。

「確認しておくけれど、顔は散弾で潰されたわけじゃないよね？」

『詳しくは分かりませんが……。何故ですか？』

「さっき分かったけど、ショットガンを使う用心棒が船に乗ってる」

『………客船の中でぶっ放すことあります？』

「ほら、裏社会の人間って、頭の螺子が外れてることが多いから」

今回いるアイツは馬鹿だからね、と続ける。

二件の殺人事件が内部犯、即ち、シンガポールマフィア・シェオルの構成員であるとすれば、隠匿が上手くいくのも道理である。中の人間ならば、死体を見つかりやすいタイミングに放置することは容易い。

『……犯人が誰にせよ、何故その二人が標的になったのかも調べます』

「調査はして欲しいけれど、そっちも手が空いてたらでいい。最優先はファイルだ。よろしくね」

了解、の応答と共に通話が切れ、部屋には静寂が戻った。

‡

雙ヶ岡珠子にとって、予想外のことが三つあった。

一つ目は、謎の殺人事件が起きたことだ。

この船は反社会勢力の縄張り。特に、主となり客船を運航しているシンガポールマフィア・シェオルは、犯人を決して許しはしない。Cファイルの取引とは全く別の理由で、船内は静かな厳戒態勢となっていた。

二つ目は、ショットガン使いの男、門前が乗っていたことだ。

シェオルの用心棒の一人である彼は、クレーム処理の担当だった。曰く、「手の付けられないお客様に黙って頂く仕事」。普段は滅多に出番はなく、鉄砲玉の役目を負うことの方が多い。

が、一つ目の予想外、つまりは、「速やかに殺人鬼を捕まえなければならない」という事情から、門前も喜び勇んで警邏に出ていた。

そして、三つ目が、一つ目と二つ目の予想外を、珠子は全く知らなかったことだ。

「ッ――!!」

ショットガンが火を噴く。発砲音が木霊する。弾は壁に衝突し、鈍い音が響いた。

……いきなり散弾銃を撃つなんて、正気ですか、この人は!?

咄嗟(とっさ)に物陰に隠れながら、内心で悪態を吐く。

珠子は知らない。

殺人事件が起こったことを。

徘徊する殺人鬼をシェオルが捜していることを。

襲い掛かってきているのが、酔っ払った大男や横柄な振る舞いをする不良連中といった、説得が難しい乗客を黙らせることを生業とする、極めて暴力的なカスタマーセンターだということを。

「どーこーにーいったのかーなー?」

M870をリロードしつつ、ゆっくりと少女を追う。

門前の側からすれば、相手は「滅多に人が来ない機関部付近に一人で訪れ、しかも、立入禁止区画に入ろうとしていた人物」だ。怪しさしかない。一も二もなく攻撃を試みる、という選択は、彼の常識では至極真っ当だった。

雙ヶ岡珠子は諜報員であり、捜査員である。相手取る存在は必ずしも敵とは言えず、敵であったとしても暴力に訴える以外の手段があり、今現在は敵であったとしても、状況の変化や交渉次第では味方になるかもしれない。

　しかし、用心棒であり鉄砲玉である門前が相手にするのは、敵だけだ。

「危なそうな奴を撃つ」。ただそれだけの、動物未満の行動原理で動いている。仮に上役の交渉相手だとしても敵であることには変わりない。いつちゃぶ台返しをされても良いように、常にトリガーに指を掛けている。

　その認識の差も、予想外の一つであっただろうか。

「…………っ」

　息を、殺す。そうして少しずつ、移動していく。

　相棒(トウヤ)に向け、緊急用のコールをしたいところだが、その些細な隙が命取りになる恐れもある。動けない。かと言って、縮こまっていれば顔面にショットガンを撃ち込まれる結末に辿り着くのみ。

　最悪の状況だった。

　まず、素手対ショットガンの構図。射程だけ見ても圧倒的に不利。

　更に、対するはマフィアの用心棒だ。簡単に勝てる相手ではない。

　加えて、戦いが無事に終わったとしても、状況が拗(こじ)れてしまっている。

　男を倒した後、部屋に引き籠もっておくか？　それとも大人しくシェオルに出頭し、「ファイルの調査で来た」「不審な人影を見た」と事情を話すか？　いっそ海に飛び込み、助けを呼ぶのがベストかもしれない。

……何にせよ、この場を切り抜けなければいけない。

　落ち着け、大丈夫だ。自身に言い聞かせ、手の震えを止めようと試みる。心臓は早鐘のよう。鼓動の音だけで居場所が知られてしまうのではないかと思うほどだ。足音が聞こえる度、全身がひりつく。

　ヒイラギの一戦とは別種の緊張感があった。

　あの時、相手は刃物使いだった。近接武器である以上、距離を取り続ければ致命傷は避けられる。受けに徹していれば躱せた。避けられたのだ。

　しかし今回、敵は銃火器で武装している。間合いを空ければ一方的に撃ち抜かれて終わりだ。以前のような戦い方は通用しない。

……私は、何を学んできた？

　縋るような思いで、珠子は過去を想起する。

‡

会場に設けられたバーの隅の席に、あの金髪の少女の姿を見つけた。携帯電話を確認し、もう片方の手でカジノチップを弄びながら向かう。ジャラジャラという音が心地好(ここちよ)い。「やっぱりテーブルゲームで使うやつより高級なんだな」と、至極当たり前の感想を抱く。

ジンジャーエールを飲んでいた少女は、トウヤを見ると、何かを察したらしい。笑みを零した。態度は先と同じく気だるげだが、エメラルドの瞳が興味深そうに輝いている。

ここに珠子がいれば、「彼とそっくりだ」と呟いたことだろう。

マフィアの代打ち、テリコの眼光は、戻橋トウヤによく似ていた。

同年代、どれほど多めに見積もっても二十代後半だろうが、彼女も彼女で相応の修羅場を越えてきたらしい。タイプは異なれど、彼女はトウヤと同じ、ギャンブラーなのだ。このカジノの中でも数人しかいない、本当の意味で、賭けている人間。

少年と同じように、自らの命さえも投げ捨てられる異端であるかどうかは、まだ判然としないが。

「その様子だと勝てたらしいね」

「お陰様で。数回の勝負でかなり負けを取り返せたよ」

勝ち馬に乗る戦法は有効だ、と応じつつ、隣に腰掛ける。

テリコが言った言葉、「ブラック・ジャックをやってる四番テーブル。ニット帽の若い男」。それは暗号でもヒントでもなかった。一つの事実を伝えただけだった。

その青年がイカサマをやっている――と。

否、厳密には不正ではない。ニット帽の男が行っていたのは、『カード・カウンティング』と呼ばれる戦略だった。

「このカジノでは、シャッフルはディーラーが直接行って、配り終わったカードは元に戻さない。ディスカード・トレーに置いたままだ。自動化が進む中で珍しいタイプだよね」

通常、賭場でブラック・ジャックを行う場合には、複数のセットを使用する。幾つかのトランプのデッキをシャッフルし、「シュー」と呼ばれるプラスチック製の容器の中に入れ、そこからディーラーがカードを配っていく。

ブラック・ジャックとは、胴元とプレイヤーのどちらが２１（ブラック・ジャック）により近いハンドを作れるか？　という勝負である。一回ごとに数枚ずつカードが消費されていく。これが、どういうことを意味するか。

数学的に有利か不利かを判断できるのか。

例えば、Ｋが自身に配られたとすれば、シュー全体からは絵札が一枚減ったことになる。次にＫが来る確率は僅かに低くなる。この偏りを利用し、勝つ確率が高い状況では大きく張り、負けが濃厚な場面ではサレンダーを選ぶ。

だが理屈は単純でも、計算は非常に難解だ。

四デッキを使用しているとする。ディーラーとプレイヤーに二枚ずつカードが配られた。トランプは四枚分減っているのだから、その分だけ偏っているはずである。けれど、即座に勝率を弾き出せるギャンブラーがどれほどいようか。現実に可能なのは、サヴァン症候群の人間のような、本物の天才くらいのものだ。

従って、実際のカード・カウンティングは複数人で実行される。

「あのニット帽さん達がやってたのはハイロー式のカウンティングだね。簡単な暗号だからすぐ分かった。仲間内で情報を伝え合って、〝プレイヤーが勝つ確率が高いテーブル〟に金を持った人間が行って、勝負する」

「ブラック・ジャックは数ある賭博の中でも珍しいゲーム。全く運が介在しないわけではなく、全て運任せでもない。高度な確率論で勝てるもの。私は好きじゃない」
頭の後ろで手を組み、トウヤは頷く。

「奇遇だね。僕も嫌いだな。それだと人との勝負じゃなくなっちゃうから」

「きっときみはチェス賭博も嫌いだよね？」

「うん。実力通り、オッズ通りに進むゲームなんて、つまんないじゃん」

テリコは目を細め、「噂通りのギャンブラーだ」と呟き、次いで問う。

「ブラック・ジャックに必勝法があるとして、どうして皆やらないと思う？」

「答えるまでもないでしょ、そんなの。複数人でやったとしても数百枚のカードの確率計算なんて滅茶苦茶大変で、超一流大学の大学生でもできるかどうか、ってところだし……。何より、勝ち過ぎればカジノを無事に出られない」

賭博は常に胴元が儲かるようにできている。そうでなければ、賭場を運営することができない。常勝のギャンブラーがいない最も大きな理由は、「最終的には暴力で排除されてしまうから」。

あのニット帽等は、そんな常識を分かっていなかったらしい。

いつの間にか、青年も、その仲間達も、消えていた。

「怖いねー、ギャンブルって」

少しばかり呆れたように少女が言う。

「死に物狂いじゃなくて、ただのギャンブル狂か。私も他人のことは言えないけれど」

「これは性分だから仕方がない。でも、リスクを楽しめる理由は他にもある。あなたの申し出は、タマちゃんが勝つ可能性を全く考慮してない」

そう。

シェオル側の申し出は、珠子が危機的状況であることを前提としている。彼女が勝てば何の意味も成さないものだ。それこそ、「どうやって無事に船を下りるか」の方が余程、問題だ。

「今襲われているとしても勝つから問題ない、ってこと？」

「さあ、どうだろうね。僕が気になってるのは、マフィアのボスが、僕と会って何をしたいんだろう、ってことかな」

「多分、勝負してる姿を見たいんだと思う。『戻橋トウヤ』の実力を自分の目で確かめたい。私の雇い主はそういう人」

「へえ？　だとしたら、あなたと勝負することになるのかな？」

「そうかもしれない。何も聞いていないけれど」

相も変わらずの気だるげな物言いに、「肝心なことは何も分からないんだね」と溢すと、ただの代打ちだから、との返答が戻ってきた。なるほど、尤もだ。幾らギャンブルが強かろうと所詮は末端の人間。真実を知るわけもない。

結局のところ、核心部分はファイルを持つベネディクトを当たるしかない。会って、確かめるしかないのだろう。

否、危険を承知で会いたいのだ。

——そちらの方が、断然に愉しそうだから。

‡

銃弾を見てから避けられる人間などいない。

そんな当たり前のことを佐井征一が前置きとして告げたのは、彼等が生きる世界が、異能と異形が跋扈する理の外であったからだろうか。

『人間の神経伝達速度は〇・一秒を下回ることはない。しかし、これは科学的な理論値で、実際にはアスリートや軍人でも〇・一五から〇・二秒ほどだ』

反応時間。「身体が動き始めるまで」のラグ。

加えて、単純な反射や予め行動を決めているのでない限り、判断し、思考する必要がある。銃弾の速さは、銃の種類、口径、環境その他にも左右されるため、一概には言えないものの、銃口発射速度は亜音速から音速を超える程度と考えて良い。

弾丸の速度が音速を超えている場合、標的が「音を聞いた段階」で、既に銃弾は額を貫通している。

視覚情報の場合。光速度のタイムラグをゼロと仮定し、「引き金を絞った瞬間」を目視し、動き始めたとする。これでも到底、避けることはできない。距離にもよるが、反応時間と思考時間、行動時間の合計で一、二秒は必要なため、不可能である。

『どうしてそんな当たり前のことを？　フィクションの内容を頭から信じるほど、私は無知ではありません』

珠子がそう返すと、デスクに座る佐井はこう返す。

『理由は二つある。一つ目に、「徒手空拳で銃火器を持った人間に勝つのは困難だ」。この前提を改めて強調したかったからだ』

諜報員として、正面切っての戦闘となった時点で敗北と思え。

佐井の口癖だった。

『ですから、それは分かっています』

『二つ目。「銃弾を避けられる人間もこの世界には存在する」』

『…………は？』

『物事には何事も例外がある』

聞いたことはないだろうか？

「一流のボクサーのジャブのスピードは〇・一秒以下だ」と。

時速で言えば四十キロから五十キロとも言われる。無論、こちらもパンチの種類、階級、間合いにもよるので一纏めにはできないが、ゼロコンマ以下の速度でジャブが放たれるとしたら、反応できるはずがないのだ。

だが実際には、五輪選手は巧みにブロッキングを行い、プロボクサーはスウェーで躱してみせる。パーリングをしてみせる巧者も、ダッキングで懐に入り込むインファイターも存在する。

血の滲むような鍛錬で、「左ジャブはブロック」「右ストレートはスウェー」と身体に覚え込ませているとしても、リアクションタイムが大凡〇・一五秒あるのだから、〇・一秒を切るパンチを避けられるわけがない。

どういうことか。

『単純な話だ。動きの起こりを見て、既に対処し始めているのだ』

ステップインの瞬間にもう体重移動を行い、避け始めている。

故に、強者同士の戦いはほとんどの場合、頭脳戦となる。肩が、肘が、拳が僅かに動く。それがストレートの前兆なのか、それともブロックを誘って腹部を狙うつもりなのか。何が得意で、拳は何処まで届くのか。どのポジショニングが良いのか。

格闘技とは、高い身体能力によって行われるものであると同時に、「相手の狙いを見抜く」「隙を突き攻撃を通す」という、知性の戦いでもある。

そして、裏の世界には信じられない者も存在する。

『〇・一秒以下の攻撃は先読みしなければ避けられない……。**ならば、たとえ銃弾であろうと、撃たれる前に動き始めれば避けられる**』

ゼロコンマ以下ならば何であろうと同じ。

銃弾であろうと、剣戟(けんげき)であろうと、あるいは――光であろうと。

『そんな、それこそハリウッド映画でしょう⁉』

『普通は無理だ。だが、あの公安最強の戦力である「白の死神」や、欧州最強の殺し屋である「壬生(みぶ)の白狼(はくろう)」は、拳銃弾くらいならば斬り落とす。また異能によって、動体視力や反応速度が人間を超えている者ならば先に述べた常識は通用しない。音速より速く動ければ弾が当たるはずもない』

だが、と佐井は続けた。

『そんな存在は例外中の例外だ。また、真正面から戦う意味は一つもない。我々はスポーツマンではないのだから。敵に回さなければ良く、敵となったとしても、退いてもらえばいい』

『戦いになった時点で敗北と思え……』

『そうだ。仮に君が強くなったとしても、世界には上がいる。そのことを理解して欲しかった』

一拍置いて、問い掛ける。

『さて、前回の講義の復習だ。他の武器と比べた際の拳銃の欠点はなんだ？』

『幾つかありますが、点での攻撃であることです。同じ銃器でもアサルトライフルならば弾幕を張って相手の動きを制限することができますが、拳銃では難しい』

『正解だ。これは先ほどの話にも関係する』

これは先の〝例外中の例外〟が、銃弾を斬り落とせるタネの一つでもある。

拳銃弾での攻撃は、常にただ一点を貫く。突撃銃や散弾銃のように面での攻撃ができない。従って、その一点から身体を移動させるか、刃を置いておくだけで良い。それだけで対処できる。

無論、あくまでも一部の化け物染みた人間に限るが。

『ここは日本だ。どれほど大きな組織でも、機関銃を持ち出してくることはない。暴力団が起こす銃撃事件は中国で違法生産された拳銃によるものがほとんどだ』

　ならば攻撃はほとんどの場合、単発。銃口の先に立たず、遮蔽物を使い射線を遮るように移動し、残弾数を考え、相手の死角からの襲撃や銃器が使えないような至近距離(クロス・レンジ)での戦闘に持ち込めば、勝機はある。

　実際に軍用格闘術では、相手に拳銃を突き付けられた状態からの対処法が確立されている。銃器に素手で対応できるのは、何も、一部の例外だけではないのだ。

『銃で武装した人間と戦う術を教えるつもりはない。技を覚えたが為に、それを試そうと命を落としては本末転倒だ。何より、』

『戦いになった時点で敗北、ですか？』

『……分かっていればいい』

　今日の講義は頭の片隅に入れておくだけで構わない。佐井征一はそう言った。

　勉強も練習も不要。武装した人間と戦闘になった時点で任務はほぼ失敗だと言えるからだ。けれども、嬲(なぶ)り殺(ごろ)しにされてやる必要もない。戦場における諦めの良さは生きることの放棄。見苦しくとも、最後まで足掻(あが)くべきだ。

生きたいのなら。

生を大切に思うのならば。

『勝算は薄いが、抵抗はしろ。学んだこと、経験したことが強さになる。今話した内容を覚えていれば、あるいは生き残れる局面もあるかもしれない』

それこそゼロコンマ以下だが、と珍しく、珠子の上司たる男は笑ったのだった。

‡

男がショットガンを撃ち、珠子は瞬時に物陰に退避した。

たった一度の攻防でも分かることがある。

……壁に穴が空いた様子はなかった。実弾でそれは有り得ない。

外れた一発目は側壁に直撃した。あの散弾銃に込められた実包がペレット弾、人を殺す為の弾薬だったならば、もっと大きな傷ができたはずだ。頭を出して見るわけにもいかないので断言はできないものの、精々が凹んでいる程度。

男の「気絶してくれ」という物言いを鑑みれば、M870に装填されているのはビーンバッグ弾、あるいは、硬質ゴム弾だろう。

前者はスラッグ弾の中身を鉛からゴムに置き換えた代物で、硬いゴムの粒を詰めた小さな袋が発射される。硬質ゴム弾は更に単純だ。名前の通りの「ゴムの弾丸」であり、通常の弾の弾頭部分の材質を変えたものが代表的である。

どちらも「非殺傷兵器」「非致死性武器」などと呼ばれ、暴徒鎮圧に使われるが、高速で硬い物体を撃ち出していることには変わりない。四肢に直撃すれば骨折、顔に当たれば失明も珍しくなく、最悪の場合は死に至る。

けれど、それは些細なことだ。

この場において重要なのは、ビーンバッグ弾にせよ硬質ゴム弾にせよ、散弾ではない、ということである。

ショットガンとは日本語に言い換えると「散弾銃」。小さな金属の弾をばら撒(ま)く銃器であり、その機構の特性から殺傷力や破壊力が非常に高い。至近距離で撃たれれば間違いなく助からない。

が、男が使っているのは、散弾ではない。

即ち、常に一点にしか当たらない。

……出会い頭に適当に撃って当たるものじゃない。狙わないといけないんだ。

更に、あの銃はポンプアクション式だ。一発撃つごとに、フォアエンドグリップを前後させなければならない。その往復により、薬莢を排出し、次弾を装塡する。よって、一発目を外してしまうと隙ができるのだ。

当たり前のことだが、銃弾は銃口からしか発射されない。銃口を相手に向けられないほどの至近距離の戦闘になれば、銃火器はただの棒と化す。

勝ち筋は、ただ一つ。

「次弾を外させ、リロードの隙に距離を詰める」――だ。

「おーい、出て来いよー。逃げると、変なところに当たって死んじゃうかもしんないだろー?」

軽い声と同時に、重い発砲音が響き渡る。

威嚇のつもりだろうか。けれど、空砲でないのだから、撃つ度に船内の何処かが損傷している。自らの組織の船ですることではない。「頭の螺子が外れている」。そう結論付ける。あの少年のような聡明な異端さではなく、何かを傷付けることに全く躊躇いがないのだ。

要するに、馬鹿なのだ。

他方、隠れた珠子をすぐに追い掛けなかった点は知性を窺わせた。安易に近付き奇襲を受ければ、散弾銃で手が塞がっている分だけ自分が不利だ。敵の居場所が分かり、かつ、一定の距離がある時を狙うべき。そう考えたのだろう。

戦法、戦術というよりも、「慣れ」だろうか。

こうした戦い、あるいは狩りに、相手は慣れている。

……リロードに隙があることは百も承知のはず。どうやって隙を作る……？

息を殺しながら廊下を進む。

背後からは足音が聞こえてくる。徐々に、迫ってくる。元より、そう広くもない空間だ。エンジン、電気、空調その他。機関部周辺であるせいか、どれかしらに関連しているらしい大量の設備がある。それらで身を隠せているからこそ無事なだけであって、やがては追い付かれ、背後から撃たれる。

剝き出しの柱の陰に隠れ、携帯を取り出し、ジャケットを脱ぐ。

一瞬間、液晶画面に目を落とす。

「……ふふっ」

こんな状況にも拘わらず、笑ってしまった。

あの少年は何もかもお見通しらしい。新着のメッセージには、「誰かと戦っているのなら、教室のことを思い出して」という一文が。連絡がないことで事情を推測し、助言を送ってきたのだ。

いや、助力の申し出だろうか。

「教室のことを思い出せ」とは、R大学の一件のことを言っているのだろう。あの時は、どうやって切り抜けた？　前回の埋め合わせではないが、すぐに彼の意図に気付くことができた。

……嘘を吐かせろ、と言っているんですね。

あのショットガンの男に嘘を吐かせ、その瞬間に異能を発動させる作戦。そうして、余所見（よそみ）やホールドアップのような動作をさせることで、強制的に隙を作り出すつもりなのだ。

やり方は単純。男が嘘の答えを返しそうな話を珠子が振ればいい。トウヤは能力を使う為に「男が嘘を吐いた」と認識する必要があるので、スピーカーフォンで通話を繋げておくことも忘れてはならない。

恐るべき応用法だった。

異能者が存在する世界において、最も強い力は「情報」だ。敵の能力の内容、射程、制約に対価……。そういった知識があれば、戦い方は考えやすくなる。

これは戦功を積み重ねると戦いにくくなることを意味している。

勝つほどに、長く生き残るほどに、自らの異能が広く知られてしまう。対策をされることも多くなり、あるいは弱点や攻略法がない力ならば、「そもそも相手にしない」という選択をされることが増えていく。

『戻橋トウヤ』は、まさに今、そういった時期にあった。

三つ巴のCファイル争奪戦に、R大学での連続不審死事件。素人では考えられないほどのジャイアント・キリングを成し遂げたことで、能力が知られ始めている――対応され始めているのだ。

もう、少年を知る能力者達は、彼の前で嘘を吐かないだろう。

「嘘を吐いた人間を操る」という力は、真実だけを語れば発動できないのだから。

しかし、ここに来て、その穴を突く使用法を編み出した。

『戻橋トウヤ』という存在が知られることにより、敵対者は口にする内容に細心の注意を払うようになった。だが、姿さえ見えなければ、油断してしまう。嘘を吐いてしまうのだ。

異能の情報を得た人間ほど嵌るであろう、巧妙な罠だ。

……それにしても、あの能力には、そこまでの自由度が……？

仮に珠子が命乞いをし、門前が「見逃す」と嘘を吐いたとしよう。そのやり取りを耳にしていたとしても、男はトウヤに対して何かを偽ったわけではない。それでも発動できるというのだろうか？

更には、電話越しである。直線距離でも数百メートルはあるだろう。遠距離でも使える時点で、精神感応系能力としても破格だ。

つくづく恐ろしく、頼もしい味方だ。

少年の相棒であり上司として、自分も強くあらねば、と思う。いつまでも頼り切りではいけない、と。

……でも、今回は私がなんとかしないと。

ただ。

そういった珠子の決意や心持ちとは関係がなく、トウヤの手は使えない。

至極単純な話である。あのショットガン使いの男は、そもそもとして、嘘を言うタイプの人間ではないのだ。「殺す」と言えば、殺す。見逃すと約束すれば必ず守る。そういう人種だ。振る舞いの端々で分かった。

実際に発言を思い返してみると、「気絶してくれ」「変なところに当たると困る」等々、真実らしい事柄を口にしている。話術で戦闘を有利に運ぶ、という考えを持っていないのだろう。

故にトウヤの作戦は、あくまでもサブ。

スピーカーフォンにして通話を繋いでおくが、戦況は珠子が打破する。

「――みーつけた」

そう思いを新たにした瞬間だった。
すぐ傍で、男の声が聞こえた。

‡

美しい金髪を眺めつつ、テリコに続き、カジノ中央を進む。
代打ちの少女が言うにはベネディクトが待つ部屋は船体下部にある。設計図上では船倉に当たるその場所は、違法カジノの更に奥に設けられた、ごく限られた勝負や取引でのみ使われる空間だという。
恐らく、積み荷の搬入口とも繋がっているのだろう。雑貨や食料品と同じように薬物や銃器を積み込み、違法な物品はその秘密の部屋で取引相手に引き渡す。この客船は徹頭徹尾、違法組織が運用することを前提に造られているのだ。

賭場の入り口とちょうど真反対に位置するそれは、普段はディーラーやセキュリティースタッフが出入りする関係者用の出入り口だ。

「テリコだけど。開けて」

両サイドに立つ黒服の男に少女が言うと、監視役らしい男達の役職はドアボーイに変わり、扉を開ける。

「代打ちさん、偉い人なんだね」

「お客さん扱いされてるだけ。代打ちって組織の外の人だから」

今日のメインの客はきみだけど、と続ける。

「代打ちさん、さっきの話だけどさ」

「どの話？」

「僕の相棒を人質に取ってる話」

「うん。きみが付いて来ている以上、見逃す命令が出たと思うけど」

「いやー、やっぱり、心配には及ばないんだよね」

立ち止まり振り返ると、テリコは怪訝そうな視線を向けてくる。

トウヤは言った。

「ところで見ての通り、僕の前髪って長いけど、どうしてだと思う？」

「興味ないけど……。ファッションじゃないのなら、少しでも目の動きを隠したいとか、特徴的な髪型だと変装しやすいとか」

「うん、正解。流石はギャンブラーだね」

ついでに、と右耳に掛かっている髪を掻き上げてみせる。

そこにはワイヤレス接続の小型イヤホンがあった。

「こういうものを隠せたりもする」

「気付いてた。興味がなかったから指摘しなかっただけ」

少女の冷淡な反応に、「種明かし甲斐のない人だね、代打ちさんって」と愚痴を零す。

「僕の相棒くらい驚いてくれる人の方がいいんだけど、折角ここまで言ったし、最後まで話すよ。実は代打ちさんから伝えられる前に、タマちゃんに何かあったことは気付いてたんだよね。誰かに襲われたんだろう、とも」

とうの昔に察して、手を打っていた。

テリコは気付いていただろうか？　トウヤが幾度となく、携帯電話を気にしていたことに。途中から通話も繋がっていたことに。だからこそ珠子の状況を知らされても、危機感を愉しむことができていた。

「そうなんだ。なら、きみがすべきなのは自分の心配かな」

「うん。今度は僕が頑張る番だ。言っておくけれどさ、僕はギャンブルの勝負なら、結構、強いよ?」

知ってる、と、またつれなく真剣師は応じた。

‡

行き止まりだった。

門前の視線の先には、剝き出しの柱があるのみだった。

正確には袋小路(ふくろこうじ)ではなく鉄製のドアがあるのだが、あの不審者側に立てば、開くかどうかも分からない扉に縋り付くよりも、ここで勝負に出た方が良い。少なくとも門前ならばそんな判断を下す。

柱までの距離は五メートルほどか。

立ち止まり、周囲を見回す。他に隠れられる場所はなく、これまでの鬼ごっこ、あるいはかくれんぼで、見落とした可能性も低い。ここは機関部であり機械室だ。遮蔽物が多いだけで、基本的には一本道。やがては追い付く。見つけられる。奇襲を受けないように、焦らず、ゆっくりと追い詰めれば良い。

今、警戒すべきは特異能力か。

しかし、空間転移や瞬間移動のように即時退避が可能なものならば、すぐに使っていただろうし、戦闘能力に自信があるのならば見つかった段階で反撃に出ていたはずだ。ならば、有しているとしても近接戦闘向きの力なのだろう。

……超能力って言っても、手から炎を出したり、腕を剣にしたりするやつは、対処できる。

要は、武装している、暗器を持っている、と仮定して動けばいいだけ。

門前はそのように考えていたが、そう割り切れる人間は少ない。考え足らずな部分はあるが、実力は本物。能力を持たないながらも、異能者が存在する世界で戦い、生き残ってきた人間だからこその結論だった。

大体、彼が生きてきたのは、胃袋に違法薬物を隠して密輸入する貧困層や礼服に刃物を隠している殺し屋が平然といる世界だ。既に先進諸国、特に日本の一般的な感覚からは乖離(かいり)している。

歩いていた若者が懐から突如として拳銃を取り出し、撃ってくることが当たり前なのだ。そんな事態の対処を求められるのだ。念力で物をぶつけてこられる程度で怯(ひる)んではいられない。

何より、異能を持つ異常者であれど、鉛玉を撃ち込まれれば死ぬのだから。

……あの女の子がどういう手を打ってくるか、だ……。

吸い終わった電子タバコを仕舞い、考える。

眼前の柱にいることは間違いがない。身体こそ見えないが、影が僅かに見えている。そこに潜んでいることは明らかだ。

普段ならば、能力での偽装やジャケットか何かを使い偽の人影を作り出したことを警戒するが、今回は考えなくとも良い。他に隠れられる場所がないからだ。柱の裏に隠れていると思わせ、時間を稼ぐことが目的とも推測できるものの、その場合、本人はとうの昔に逃げおおせているはずだ。考える意味はない。そうと分かった後に地団駄を踏めばいい。

奇襲に備えつつ、着信を確認する。連絡は来ていない。

不審な少女を発見した段階で上司には報告済だった。返信は「交渉材料にする。見逃す場合は伝える」というもの。

連絡がない。即ち、捕えても構わないということ。どうせ生きてさえいれば取引には使える、という思いもあった。

少し、歩を進める。

影までは約三メートル。奇襲を受ければ対応が難しい距離だ。

右から来るか、左から来るか。待ち構えているか、先手を打ってくるか。

行くか、それとも、待つか。

ゴム弾は限界の四発まで入れてある。ショットガンを構え、思案する。

その瞬間、何かが宙を舞った。

「！」

小さな物体が柱の陰から放り投げられ、門前から見て右側の床に落ちたのだ。

手榴弾（しゅりゅうだん）の類か？　否、違う。スマートフォンだ。即座に、それこそ一目見た瞬間に判断できたのも、彼が長らく裏社会で生きてきたからだろうか。

すぐに思考は次へと移る。「ただの携帯だったとして、それを投げる意図は？」。単純な策だ。視線をそちらへと逸らし、隙を作る為だろう。その手には乗らないと視線を柱の方へと戻す。

電話型の爆弾ならば左へ飛ぶ。柱に隠れる構図にすることで少しでも被害を減らしつつ、敵を狙う。煙幕が出る仕掛けならば右へ走る。身体で煙を遮り、視界を確保した状態で撃ち抜く。またも瞬時に決断する。

一秒足らずの思考。

正解はすぐに分かった。

「——戻橋さん、お願いします!!」

少女が叫ぶ。

刹那、頭に入れてある情報が走馬灯のように想起される。

この少女の仲間は他者を操る能力を持っていた。そのトリガーは「嘘を吐くこと」だったはず。自分は嘘を言ったか？　否、口にしていないはず。細部まで思い出すには時間が足りない。だが、「嘘を吐いた相手しか操れない」という噂が間違いの可能性もある。「操りたい相手の声を聞くこと」や「自分の声を相手に聞かせること」が条件だったとすれば？　あの携帯はスピーカーフォンになっているのか？

須臾の時間で結論を出し、男はショットガンの引き金を絞る。

狙う先は携帯電話。

弾は直撃し、液晶が砕ける。どういった異能かは正確に分からないが、この対処法で防げることもあるはずだ。

が、次いで、その全てが策だったと気付く。

……しまった、ブラフか⁉

そう、携帯電話を投げた理由と同じ。

そちらを警戒させ、隙を作らせることが狙い。

「クソがッ‼」

次弾を装塡しながら視線を戻す。

が、門前の視界は遮られていた。黒い布が広がっていたからだ。

理解する。着ていたジャケットを投げ付けてきたのだ。いや、そういった異能だとも考えられるが最早どうでもいい。小賢（こざか）しい目晦（めくら）ましだ。

少女が踏み込む音が薄暗い船体下部に響き渡る。引き金を絞る。悲鳴は聞こえない。外したか？　当たっていないか？　逆から出たか？　銃口を左側に向け、見もせずにもう一発。今度は分かった。弾は外れた。そちら側に人影はなかった。

脳裏に電流が走る。「撃たれる覚悟で上着と共に突っ込んできたのか」。察した瞬間に見えた。右の掌底を繰り出してくる少女の姿が。

「――――はあっ‼」

ショットガン使いの男は残弾数一発のＭ８７０を捨て、素手での迎撃を選んだ。

恐らく彼女はボクサーがブロックを固めるような状態で、上半身を、顔面を守りながら前に出たのだ。ゴム弾が直撃しても声を上げずに堪えたのは大したものだが、間違いなく片腕は痺れている。あるいは折れている。

右の殴打を選んだのだから、弾が当たったのは左腕。初撃の掌底を左腕で防ぐと同時に右手で攻撃する。相手は左手を痛めている。攻撃は必ず通る。

門前の考えは、全て正しかった。

ただ一点のみ、隙があった。

「ッ！！？」

少女の右腕を的確に左腕でガードし、返す刀で、右の中高一本拳を打ち込もうとした。だが、何故か体勢が崩れた。平衡感覚が狂ったように。急に船酔いに襲われたように。

違う。

急激に身体が重くなり、バランスを崩したのだ。

拳は空を切った。

……マズった。ボスやレナさんに怒られる――……。

「生きてたらだけど」。そう心の内で付け加えた瞬間、少女の体重を乗せた掌底が、門前の顎を打ち抜いた。カウンター気味に入った一撃。男はそのまま床に叩き付けられることとなった。鈍い音が薄暗い空間に響き渡る。死ぬことはないだろうが、頭蓋にヒビくらいは入ったかもしれない。

平穏を取り戻した船の機関部。変わらぬ機械の作動音に、苦しげな吐息が交じっていた。余程、緊張していたのだろう。

「……はあ、はあ……っ！　悪く思わないでくださいね……！」

左腕でジャケットを拾おうとし、すぐに少女は痛みに顔を顰(しか)めた。

「……腕、また折れちゃったかな……？」

門前の耳にそんな独白が届いた。

自分を見下ろす少女は、近くで見ると存外、整った顔立ちをしていた。

こんな可愛い子なら、もう少し優しくしてあげれば良かった。そんな馬鹿みたいな感想を抱きつつ、男は意識を手放した。

決着だった。

紛れもなく、雙ヶ岡珠子の勝利だった。

‡

「『勝った』、ってさ」。戻橋トウヤの如何にも満足気な言葉にも、テリコはつれなく、そう、と短く返すのみだった。

珠子が撃退に成功した以上、大人しく指示に従う必要はない。だが、今更引き返すつもりもなかった。危険を承知で、否、危機を愉しみながら、この船の主に会い、話をする。そう決めていたからだった。

自分がそう決めた。

それだけで命を賭けるには十分だ。

「分かった」

電話に出たテリコは何かを聞くと、すぐに通話を切った。

そうして、言う。

「後は、きみ一人で行けばいい」

「ということは、勝負の相手はあなたじゃないってことか」

「そうみたい。『相応しい相手がいる』って」

「じゃあ、代打ちさんとはまた今度だね」

「うん。いいよ。今度会う時にきみが生きてたら、だけど」

「不穏なことを言うね」

真剣師の少女は、そのエメラルドの瞳に悲しげな光を宿し、言った。

「きみの生き方、長生きできないと思うから」

笑ってトウヤは応じた。

「緑の瞳をした人に、おんなじことを前にも言われたよ。緑眼の人って心配性なのかな？　……でもさ、代打ちさん。あなたもギャンブラーなら分かると思うけど、人はいつか死ぬよ」

「うん」

「いつかは絶対死ぬんだ」

「分かってる。人生なんて無意味なものだよ。だから私は、真剣に生きてる。多分、きみもね」

真剣に生きること。

自分の人生の意味を見つけ、それに賭けること。

なりたい自分になる為に。自分が自分である為に。

それが──『生きる』ということだ。

だから。

「いつものことだよ。僕が命を賭けるのは」

赤と黒のどちらに球が落ちるとしても。

あるいは弾かれたコインが、表になろうと、裏になろうと。

選択をし直すことはできない。既にベットしてしまったのだから。仮に変えられるとしても、少年はそうしない。戻橋トウヤにとって「賭ける」とは、自分の生き方に殉じることであり、自らの衝動と心中することだった。

愚かで、儚（はかな）く、狂っていて──だからこそ美しい、カけた者の生き様。

「やっぱり、きみはおかしいよ」

「うん。よく言われる」

きっと人は彼を愚かだと笑うだろう。

しかし、その瞳は『正しさ』とも『善さ』とも無縁であるがこそ、美しかった。

「強いはずだ。きみは常に命賭けなんだね」

それが最後の言葉となった。

ギャンブラーの少年は前へと進み、真剣師の少女はその背中を見送った。

‡

扉を開けると、まず目に飛び込んできたのは巨大なモニターだった。

お待ちしておりました。妙齢の女が慇懃(いんぎん)に頭を下げる。茶のアップスタイルに、バニーガールの方が似合いそうな魅力的な身体付き。あの四番テーブルでディーラーをしていたはずだが、マフィアの幹部格だったのだろうか。

狭い部屋の中、黒服を従えた女が口を開く。

「ようこそ、『戻橋トウヤ』さん。歓迎致します」

「ありがとう。えっと……。ディーラーさんが、勝負の相手？」

「いえ、私などでは、とてもとても。詳細は我がシェオルのボス、ジャスティン＝『ラッキー』＝ベネディクトよりお聞きください」

気取った仕草で指を鳴らしてみせる。すると、大きな液晶に映像が映し出された。

豪奢(ごうしゃ)な机に腰掛けているのは、銀髪のオールバックの男だった。未練に見せられた写真よりも美形で、かなり若く見える。四十前後だろうか？　何も知らなければ、「今話題のハリウッドスターだ」と紹介されても納得できるかもしれない。

この船の主であり、『シンガポールのカジノ王』と呼ばれるマフィアの親玉。ジャスティン＝『ラッキー』＝ベネディクト。

『はじめましてだな、戻橋トウヤ。高い所、そして、遠い所から失礼するよ』

「その口振りだと、カジノ王さんは近くにはいないのかな？」

『シンガポールで外せない仕事があってな。今回の便では大事な取引があったというのに。何より、お前が来ると聞いたから、是非とも会いたかったのだが……』

心底残念そうな口振りの、その裏を探る。思惑を見抜かんとする。

ベネディクトがトウヤの能力を正確に把握していたとしたら、直接会話することはリスクでしかない。嘘を吐いた瞬間に操られてしまうからだ。距離があれば発動できないと高を括(くく)っているのだろうか？　それとも、彼自身も異能を持っており、自分が戦えば確実に勝てるという自信があったのか……。

少年が考えを巡らせていることを察したのか、ベネディクトは嬉しそうに笑う。

『考えているな、トウヤ？　いい目をしている。その瞳を見るだけで異才だと分かるよ』

「……どーも」

『並のギャンブラーではお前の相手は務まらないだろう。一流であり、死に物狂いでなければならない。狂気とも言えるほどの覚悟がなければならない。だが、俺は幸運だった。俺はお前と勝負できないが、ちょうどいい奴がいた』

その時、反対側にある扉が開き、一人の男が部屋に入ってきた。

片目は潰れており、口の端は切り裂かれ、更には足を引き摺っている。戦いで負った傷ではない。拷問されたのだ。確信を持って言える。彼のこれまでを考えれば、間違いがない。

そう。

他ならぬ戻橋トウヤがそんな状況に追い込んだのだから――。

『改めて紹介しよう、トウヤ。君の対戦相手は、彼――カンタロウ＝イチノイだ』

久しぶりだなクソガキ、と。

掛けていたロイドメガネを投げ捨て、一ノ井貫太郎は狂気に満ちた笑みを浮かべた。

表裏

世界とは終わりの見えない円環だ
制御できない運命は、宙舞うコインによく似ている京都市。

府立鴨川公園のすぐ南にある賀茂大橋。その傍らにある焼き鳥店だった。リーズナブルな価格ながら京赤地鶏と京野菜を楽しめると評判で、古民家風の佇まいも評判が良い。著名人が幾人も訪れるほどの名店でもある。

少々入り組んだところにあるカウンター席だ。出入り口からは見えないその場所に、一人の男が腰掛けていた。如何なる理由であろうか、三十そこそこであるというのに真っ白に染まった髪。そして、隠しもしない、形容し難い独特の雰囲気。

鳥辺野弦一郎は当たり前のように、日本酒を口へと運んでいた。

両脇の席には、あの特徴的な髪型の双子も座っている。それぞれメッシュとツインテールを同じ色合いに染めており、顔は瓜二つ。仲良さげに、なんやかんやと取り留めのない話に花を咲かせつつ、料理に箸を伸ばしている。

こんなところにいるはずがないというのに。

存在して良いはずがないのに。

「あのう、先生」

ふと、奥から出てきた老年の店主が訊いた。

「先生、携帯の電源切ってはるんかね？『先生がそこにいるなら話したい』って、機を持って戻ってくる。

今、電話が来たんやけど」

何を察したのか。弦一郎は笑みを零し、「迷惑を掛けてすまない」と返す。

それを通話に応じるという意味と捉えた店主は、一度、廊下の暖簾に消えると、子

店主は何も知らない。

常連である大学教員である彼が、夏先に起きた連続殺人事件の黒幕であるということを。更には無数の犯罪教唆の疑いを掛けられているということを。公安警察がその身を追っているということを。

何も知らないのだ。ただ久方振りに、仲の良い教え子を連れ、店に訪れてくれただけだと思っている。

だから店に電話が掛かってきても、「きっと急ぎの用なんだろう」程度の感想を抱くのみであり、受話器を渡すと、そのまま姿を消した。立ち聞きするのも悪いと考えたからだ。

店主を始めとし、店の人間は酷く幸運だったと言えるだろう。

何も知らず、巻き込まれずに済んだのだから。

「はい」

『鳥辺野弦一郎さんでお間違いないですか？』

「如何にも、俺が鳥辺野弦一郎だよ」

問い掛けてきたのは女。いや、少女、か。聞いたことがない声だ。単に忘れているだけかもしれないが。興味がないものを区別できるはずもない。

素直に応答すると決めたのは、畢竟、「面白そうだから」というだけだった。

「くく……。俺は名前も告げないような相手と話すつもりはない。尤も、俺でなくとも、この状況ならば名乗れと言うだろうが」

『生憎と、私はあの子のように、相手の土俵で勝負する趣味はないんです。あなたのルールに合わせるつもりはありません』

「あの子？」

少女は愉しげに、あるいは勝ち誇るように言った。

『つい先日負けた相手くらいは覚えているでしょう？』

なるほど、その関係か。得心した。

戻橋トウヤ。あの愉快な少年のことだろう。同属。同類。呼び名は何でも構わないが、確かにあんな相手を忘れるわけもない。

『あなたも大胆な方ですね。まさかそんなところで、のんびり夕食を楽しんでいるなんて。知ってますよ。あなたは数日前、池袋で目撃されている。逃走劇に発展し、ちょっとした騒ぎになったとか。でも、それはわざとだったんでしょう？』

逃走中の犯人が、自宅から遠く離れた場所で姿を見せる。当然、捜査員の目から逃れる為に遠方へ向かったのだと考えるだろう。

だが、それこそが罠。その常識を逆手に取り、あえて事件現場に近い街に滞在していたのだ。国外逃亡を狙っていると予測し、方々の空港に張り込んでいる警察官達は完全なる無駄足だ。

「灯台下暗し」。そう言えば簡単だが、相当な度胸がなければできない手。しかも、この店は弦一郎の行きつけだ。真っ先にマークされていると考えるのが常識。

否、それこそ常識を逆手に取ったのか。

それとも、ここに公安はいないと確信があったのだろうか。

「奴の友人か、仲間か、恋人かは分からないが、そんなお前はなんの用だ？」

『単刀直入に訊きます。「緑眼の怪物」とは何者ですか？』

一口だけ堪能した鶏料理を双子へ譲り、弦一郎はまたも笑みを漏らす。

「……そういうことか。あの少年は、奴と同じ船に乗っているんだったかな。死の船出にならないと良いが」

『答えないと、あなたがあの世へ旅立つことになりますよ。私は110番をしても一向に構わないんです』

「くく。その選択をすれば、俺は死ぬかもしれないが、お前は情報を得られないぞ?」

『だから自分の方が立場が上だ、と? 違いますね。今、決定権を握っているのはあなたではない。私です。私はあなたが誰かも、何処にいるのかも分かっていますが、あなたは私が誰で、何処にいるのか分からないんですから。仲間……いえ、同僚のことを少し話すだけで、死のリスクを軽減できる。悪い取引ではないでしょう?』

「そうだな。だが約束が守られる保証がない。信用もできない。何せ、俺はお前が誰か分からないんだからな。お前の言った通りに」

『あなたが話す内容も正しいかどうか分からないのですから、お相子でしょう?』

「真実かどうか分からないのなら聞く必要はないだろう」

『それも違いますね。嘘なら嘘で、分かることもあります。嘘を吐いた。その事実が何よりの真実。表面の裏側は、必ずしも裏面とは限らないんですよ。人間はあなたが考えるように愚かで、それには同意しますが、根も葉もない噂からも、それに踊らされる愚衆からも、真実の断片を読み取れる』

常人ならば、その憎しみしかない瞳と無数の傷が生み出す威圧感で、勝負の土俵にも立てないであろう。

少年は笑い、あまりにも軽い調子で言ってみせる。

彼も彼で破綻している——その程度のことで臆するはずもない。

「眼鏡、捨てちゃっていいの？　目、悪いって聞いた気がするけど。漫画とかではさー、眼鏡キャラが本気を出す時に投げ捨てたりするけど、現実だとできないよね。本気を出すどころか見えなくなっちゃうし」

「コンタクトレンズだよ。付ける手間が半分になったからな。誰かさんのお陰で」

「そりゃ片目がなくなればレンズを入れるのも片方だけでいいもんね」

男は笑い、少年も笑い返す。狂気に満ちた笑みだった。

代打ちの少女、テリコ＝ティンズリーは「きみが強いのは常に命賭けだからだ」と告げた。カジノ王、ジャスティン＝ベネディクトは「死に物狂いの覚悟がなければお前の相手は務まらない」と分析した。

故に一ノ井貫太郎は戻橋トウヤの相手として、これ以上ない存在だっただろう。

あの時とは、違う。

彼には油断もなければ愉悦もない。

真剣で、死に物狂い――命賭けなのだ。

『仲が良さそうで嬉しいな。カンタロウを助けた甲斐もあるというものだ』

「へえ。この人がフォウォレにいる知り合いだったの？」

『そうだな。だが、それ以前に友人でもあった。復讐を望んでいるのならば、手を貸すのは吝かではなかった。お前達の勝負は最高のショーになるだろうしな』

「……やっぱり、そういうことなんだね」

部屋に入った瞬間から気付いていた。ここには、死の香りが漂っている。

床や壁にこびり付いた黒い染み。血の痕なのだろう。しかも、一人二人が喧嘩をした結果ではない。無数の人間が、ここで傷を負った。

そう、恐らくは「命を賭けた」のだ。

「『人身売買が行われることもある』って聞いたけど、その情報は不正確だね。可愛い女の子を水商売に落としたり、健康な男子を新薬の実験台にする……。そういう普通の人がイメージする人身売買じゃない。借金のカタに勝負をさせてるんでしょ？」

『その通り。しかし、人身売買とは人聞きが悪いな。一夜で大金を稼げるチャンスを提供しているだけだというのに』

まあミレンならばそう表現するか、と一人納得するベネディクト。

トウヤの推測通りだった。

この船で行われる「人身売買」とは、即ち、一生を賭けたギャンブル。借金を抱えた人間を、時には命の危機もあるようなゲームに挑ませる。そして、その映像は中継されている。関連する団体の重鎮達は、どの債務者が勝つかを予想したり、あるいは単に苦しみ泣き叫ぶ様を見たりし、楽しむのだ。

それこそが、この船の裏。

決して明かされることのない裏の催しだ。

『勘違いしているようなので補足しておくが、何も、無理矢理やらせているわけではないよ。一生がふいになるかのような借金を負った際、反応は様々だ。大半の奴は他人の靴を舐めるような形でも地道な返済を選ぶ。こういったギャンブルに挑んでくれるのは一部なんだ』

「騙して参加させればいいんじゃない？」

『俺はジャスティン＝「ラッキー」＝ベネディクト。アンフェアな人間に勝利の女神は微笑まない。リスクは常に説明している』

例えば目を失うとかな、と口の端を歪ませる。

ここにいる二人の博徒は事情は違えど、片目を失明している。そのことを思えば、あまりにも非情な例示だっただろう。

『それに、他にも問題がある。つまらないんだよ』

「つまらない、って？」

『取るに足らない半端者は、たとえ命を賭けたとしても、やはり取るに足らない。見ていて面白くないんだ。だから実のところ、債務者達が勝負する機会よりも、俺達のような組織同士が利権を賭けて勝負することの方が多い』

「ふーん……。どっちにせよ、高みの見物をしていることは違いないと思うけど」

『いーや、違うな。他の奴はともかく、俺は自分でも引鉄（ひきがね）を引くよ。ちょうど春先にも、お前くらいの年齢の男と勝負をした』

ジャスティン＝ベネディクトはギャンブルを愛す危険な男だ。

その評判は二重の意味で正しかったらしい。「ギャンブルを愛し、かつ、危険な男」であるのと同時に、「危険なほどにギャンブルを愛す男」。是非勝負したかった、という言葉も、本心なのだろう。

彼もまた、平然と命を賭けられる人間なのだ。

「ベネディクトさん。世間話はそれくらいにしてくれないか？」

と、一ノ井が口を挟む。

「機会をセッティングしてくれたことには感謝しているが、俺は仇を前にして、のんびり談笑できるほど気は長くないんだ。本来ならば今すぐ縊り殺してやるところなんだからな」

『それは悪かった。本題に入ろう』

準備をしてくれ、とカジノ王が声を掛けると、黒服の人間数人が部屋から去る。

次いで、話し始める。

賭けるモノと、その勝負の内容を。

『カンタロウ、そして、トウヤ。改めて歓迎するよ。お前達に因縁があるということは聞き及んでいる。二人共が俺の持つファイルの断片を欲しがっているということもな。もう一つの断片も、ノレムから預かっている。「二つ纏めてあった方が取引がしやすいだろう」ということでな』

「つまり……。勝った方が、その二つを手に入れる？」

『ああ。アバドンの人間も来ると聞いていたが、生憎と見えていないからな。あちらとは勝った方が交渉してくれ』

無論、自分の組織で使ってくれても良い、と続けた。

『最初に告げておこう。俺達が提供するゲームは「六挺式ロシアンルーレット」。デスマッチではないが、命を賭けた勝負ではある』

相手を殺さねば生還できないわけではない。

けれど、死人が出ても珍しくはない。殺すつもりで挑んだ方が勝ちやすい。そういう類のゲームだった。

『カンタロウ。君の側は勿論参加するだろう？』

「……当たり前だ。俺はコイツを殺す為に船に乗った。ファイルが手に入れば、前の失敗が帳消しにできるだろうという算段があることも事実だがな」

『いいだろう。さて、問題はトウヤ、君だ。俺は君が戦う姿を是非見たいと思っていることは聞いているだろう？　だが、それは俺の事情だ。「俺が見たいから」という理由だけで、一方的にギャンブルをさせるのは筋が通らない』

「マフィアなのにまともなことを言うね、カジノ王さんは」

『犯罪組織のボスである前にギャンブラーだからな。……さて、しかしながら君の相棒が怪しい動きをしていたから、「勝負を受けるならば見逃す」という条件を出したわけだが、門前が負けたので、こちらから提供できるものはなくなった。俺にとっては不幸だが、お前にとっては幸運だったな』

トウヤとしては、相棒の努力を「幸運」という一言で済まされたくはなかったが、認識の差異だろうと結論付ける。

ベネディクトは、全てを時の運と考えている人間なのだ。どんな事柄にせよ、実力や人脈があることは前提の上で、最後の最後で幸運の女神の匙加減（さじかげん）でふいになることがあると。なるほど、ギャンブラーらしい考えだ。

トウヤは言う。

「『船から無事に下ろす』は条件にならないの？」

『ならないな。それは当たり前だからだ。たとえ諜報機関の刺客であろうと、チケットを持った正式な客。海に放り捨てたと知られれば俺の名が廃る。こちらからは何もするつもりはない。……お前達が妙な騒ぎを起こさない限りはな』

例えば、乗客の殺害や、取引される物品を強奪。そういった類の、明らかな敵対行為と見做（みな）せることをしなければ。

トウヤ側からすると破格の条件だが、ベネディクトからすれば当たり前だった。

未練も話していたように、このカジノ船は違法だが国に黙認されている。「警察の人間が来た」というだけで暴行を加えていれば余計な摩擦を生む。故に、警戒こそ怠らないものの、実際に行動を起こすまでは何もしないし、できない。

敵だから戦い、殺す。そんな単純な図式であることは存外に少ない。組織というものは、常に将来のことを見据え、妥協点を探しつつ、それでいて、自らが優位に立とうと策を巡らすものなのだ。

『だからと言って、今回の話をお流れにするのも惜しい』

「お流れになれば俺が殺すだけだがな」

『そうすれば、今度は俺達がお前を殺すことになるが。お前にとっては仇でも、俺にとっては客だよ、カンタロウ』

冗談のようなやり取りだが、双方共に本気だった。

嘘は一切ない。勝負が成立しなければ、一ノ井はトウヤを殺すだろうし、トウヤが殺されれば、シエオルは一ノ井を始末するだろう。ここはシエオルの縄張りだ。勝手な殺人は許されない。たとえ、魔眼遣いの犯罪結社・フォウォレとの抗争になろうとも、である。

容易に事を荒立てるのは得策ではないが、他方、相手の言いなりになり続ければ足元を見られるのも事実。外れ者だからこそメンツを守らねばならない。

『そういったわけで、トウヤ。俺が何を差し出せば、勝負を受けてくれる？』

問いに対し、少年は笑って応じた。

「別に何も要らないよ。何にせよ船からは無事に下りられる。勝てばファイルが手に入る。タマちゃんも無事。言うことなしだ。カジノ王さんが本当に約束を守るのなら、だけどね」

『嘘だったならば俺の頭を拳銃で吹き飛ばしてもらって構わない』

「……言ったね？」

嘘は、やはりない。

会話が成立している以上、鳥辺野弦一郎の時のように、録画や録音という可能性もない。トウヤの異能を無力化する術を持っている——例えば、ベネディクト自身も同系統の能力を有しており、効きづらい、ということも考えられるが、思案しても詮無きことだ。

少なくとも言葉に偽りはなく、また、この男の性格から考えて、約束を反故にすることはないだろう。そう性質を読む。自分と同じタイプならば、勝負に関して偽りを嫌うことは間違いがない。

「タマちゃんが無事というのも分かってた。それでもここに来たのは、Cファイルに関しての情報が欲しかったから。その目的も達成できた」

『なら、無意味に命を賭けてみるか？　時には破滅へと突っ走るのも面白い』

「魅力的な申し出だけど、僕も欲深いからさ、何か条件を出して良い、っていうのなら、一つお願いしようかな」

『なんだ？』

トウヤは言った。

「ブラック・ジャックでイカサマをしてた人達――あの人達も、無事に帰してあげて欲しい。どっかに監禁されてるんでしょ？」

その瞬間、ジャスティン＝ベネディクトははじめて、動揺を見せた。

眉を顰めて、どういう意図があるのか、暫し思案する。

『……指の爪を剝がす程度で解放しようと思っていた奴等だ、それは構わないが……。そんな条件を出して、お前に何の得がある？』

「ないね。単に、無意味に助けてみようと考えただけだ。無意味に命を投げ捨てるのと同じようにね」

『さてはお前、良い奴だな？』

それが了解の合図だったか。

ファイルを賭けたギャンブル――『六挺式ロシアンルーレット』。

戻橋トウヤと一ノ井貫太郎は、命賭けで戦うこととなった。

‡

音羽から再度連絡が入ったのは、未練がそろそろ部屋を出ようかと、ベッドメイクをしている時だった。

『送信して頂いた位置情報の場所まで来ましたが、いません。……男が一人、ノビていますが。近くにショットガンと壊れたスマートフォンが落ちています』

「ご苦労様。倒れているのは門前だろう。放っておいていい。助けても良いけど」

『私が助けずとも、シェオルの人間がすぐに来るでしょう。撤収します』

冷蔵庫から新たに二リットルの水を取り出しつつ、未練が応じた。

「分かった。その場にいないってことは、雙ヶ岡君も無事だね。一応、再度位置情報を取得して共有しておくけれど、様子を見に行く必要はない。見に行ってくれてもいいけれど、本来の任務を優先してくれ」

『了解』

「僕もそろそろ行かないといけない。緊急なら例の番号に掛けてね」

通話を終えると、肩掛け式の仕事用鞄（かばん）を背負う。そうして、ペットボトルの水を一口飲んだ。

次の瞬間だった。

如何なる理由であろうか、ベッド脇の嵌め込み式の窓が粉砕した。ガラスが飛び散り、強烈な夜風が吹き込んでくる。他者が見れば間違いなく事件が起きたと勘違いすることだろう。

だが未練は平然と、必要以上に風通しが良くなった窓に次々と端末を投げ込んでいく。抜き取ったSDとSIMカードも、順番に圧し折り、外へと捨てる。ノートパソコンは電源を入れたまま放り投げた。

椥辻未練は最後に残った一つのスマートフォンをスーツの懐に入れると、電気を消し、部屋を後にした。

‡

戻橋トウヤと一ノ井貫太郎は、更に奥の部屋に通された。

先ほどまで話していた個室も設計図上は船倉に当たるが、今いる場所は、まさに倉庫といった風だ。電灯に照らされながら、天井まで届く無数のスチールラックが並んでいる。如何にも高そうな陶器もあれば、新品のトランプもあり、私物らしき漫画本も、ゴミにしか見えない古着もあった。船の人間が好き勝手に物を置いているのだろう。

壁際には予備の掃除道具も置かれており、休憩室も兼ねているのか、折り畳まれた卓球台もあれば、壁にはダーツも刺さっている。

天井に監視カメラとスピーカーがなければ、普通の倉庫だと思ったかもしれない。

『――では、六挺式ロシアンルーレットの説明を始めよう』

ベネディクトの声が響く。

『二人共、ロシアンルーレットを知らないということはないな？』

「流石に知ってるよ。回転式拳銃に一発だけ弾を込めて、弾倉を適当に回して、順番に引鉄を引いていくゲームでしょ？」

「……アンタが一番好きなギャンブルだったよな、ベネディクトさん」

二人の返事に、満足げに「結構だ」と呟く。

『カンタロウの言う通り、俺はロシアンルーレットが好きだが、アレは運の要素が九割九分だ。神懸かり的な感性で、弾が出るタイミングを察する人間もいるが……。まあ、稀（まれ）だな。俺も五回はやったが、全て運で勝ったと思っている』

さらりととんでもないことを告げるベネディクト。

ロシアンルーレットは運否天賦。今一時の引きの強さが試される勝負だ。

それは、あるいは本来のギャンブルに最も近いものなのかもしれない。駆け引きの要素など取るに足らない。ごく僅か。「どちらが死ぬ運命にあるか？」。ただ、それだけを決めるゲーム。

しかし、問題もある。見ている側はつまらないのだ。

高度な心理戦があるわけでもなく、賭博師達の卓越した能力が見られるわけでもない。債務者同士に行わせ、嘆き苦しむ様を鑑賞するだけならば良いのだが、土地の権利書や縄張りを巡っての組織対組織のギャンブルで使うには運任せが過ぎる。

モニター越しに見ているスポンサー達も面白くない。「誰が勝つか」に賭けることができない。いや、できるが、オッズが存在しない。運次第なのだから。

故に、カジノを運営し、首魁がギャンブルを好むシェオルでは、オリジナルのゲームを考案し、それを使った勝負を提供していた。

今回の『六挺式ロシアンルーレット』もその一つだった。

『六挺式ロシアンルーレットは、一人に付き六挺、計十二挺の銃を使用する』

そう告げられると同時に、台車を押した構成員がやって来る。二つの台車には、それぞれ火縄銃のような形状の銃器がある。

　フリントロック式のマスケット銃だった。撃鉄が起こされたコックポジション。引金を絞れば、撃鉄が落ちることで火皿に火花を発生させ、それが内部のガンパウダーに伝わることで鉛玉が発射される。

『それぞれに六挺のマスケット銃を渡す。ブザーが開始の合図。最初の三分間で、お互いに渡された銃を倉庫内に隠してもらう。三分経過後、ゲームスタート。相手を戦闘不能にまで追い込めば勝ちだ』

　殺しても一向に構わない、と付け足す。

『ただし。六挺の内、弾が入っているのは三つ。残りの三つには火薬も、弾丸も入っていない。予め、六挺の内のどれが当たりの銃なのかは伝えておく』

「つまり……。相手に見つからないように当たりの銃を隠した上で、ゲームが始まったらその銃を手に入れて撃つ、と」

『その通り』

　銃弾の入ったマスケット銃が使い切られてから三分が経過した場合、決着はつかなかったと判断し、ゲームは引き分けとする。今回の場合は、Cファイルの断片がちょうど二つあるので、戻橋トウヤと一ノ井貫太郎に一つずつを渡す。

それがこの『六挺式ロシアンルーレット』のルールだった。

ロシアンルーレット、と銘打っているが、実態は名前と掛け離れている。「どの銃から弾が出るか分からない」という部分は本来のそれと近いが、こちらのゲームの場合、行われるのは心理戦と射撃戦。即ち、「何処に実弾入りの銃を隠すか？」の読み合いであると同時に、相手に弾丸を撃ち込む技術の勝負だ。

『さて、質問は？』

「幾つかいい？」

『なんだ、トウヤ？』

「これ、相手の銃を奪っても良いんだよね？」

『無論だ。それが醍醐味だ。ただし奪った銃から弾が出るかどうかは分からない。中を見てのんびり確かめるのは自由だが、多分死ぬからお勧めしないな』

「分かった。次、戦闘不能の判断はどうするの？」

『テンカウントだ。死亡、あるいは気絶したと思われた場合、このスピーカーから名前を呼ぶ。十秒以内に応答がなければゲーム続行不可能と考える』

逆説的に「九秒までは死んだフリができる」ということでもある。それこそダウンしたボクサーが、カウントギリギリまで休むように。

けれど、この勝負ではダウン中でも攻撃が可能。気絶した相手にトドメを刺すことも可能なので、こちらも余程の場合でなければ実行しない方が良いだろう。

「倉庫の中の物は使ってもいいの？」

『好きに使えばいい。ここに物を置いている奴等は壊されることも覚悟している。ただし、探し回ったところで武器が出てくるとは思わない方が良い。ガラスくらいならばあるだろうが。そこにあるモップで戦ってくれても一向に構わないぞ』

「俺からもいいか？」

今度は一ノ井が手を挙げる。

「最初の三分で銃を隠す、ということらしいが、二人同時にか？」

『同時だ』

「なら、相手に張り付いていれば隠し場所は分かるんじゃないか？」

『分かるな。だが、三分間の段階で隠された銃を移動させることは禁止だ。言うまでもなく暴力行為もな。お前達の身体にも武器がないか調べさせてもらう』

付け加えて、「相手の後ろを付いて回る」という戦略を取った場合、相手は隠し場所がバレてしまう為に隠せなくなるが、一方で自分も隠せなくなる。自分も相手から見える範囲にいるということなのだから。一長一短だ。

「隠さない、って選択肢はありなのか？　隠さず、持ち歩くというのは」

『ありだ。大抵の人間は一、二挺を持った状態でゲームを始める』

「何も持ってなかったら撃たれる心配がないもんね」

　そこがまず一点目の駆け引きである。

　相手が持っている銃は当たりか、外れか？　外れならばただの棒、しかし、外れと決め付けた瞬間に、撃ち抜かれれば目も当てられない。

「俺から最後の確認だが、弾を使い切って三分経過で引き分けならば——その間に、このガキを撲殺しても良いんだな？」

　憎悪しかない目でトウヤを睨みつつ、問い掛ける。

　むしろ、そちらの方が喜ばしい、と言わんばかりに。

『それも構わない。最初から銃を使わず、摑み掛かるも自由だ』

　そう。

　それこそこのギャンブルにおいて最もトウヤが不利な点。

　この六挺式ロシアンルーレットは、最終的には殴り合いの勝負になるのだ。仮に上手く銃を手に入れても、外してしまう可能性も大きい。況(ま)してや、最新式のそれではなくマスケット銃である。命中率は心許ない。

身体能力や格闘術が優れる人間にとっては、「相手の銃撃を防ぎ、肉弾戦に持ち込むか」。戦闘経験が少ない者にとっては、逆だ。「三発しかない弾丸をどうやって相手に当てるか」。あくまでも戦術の一例であるが、セオリー的にはそう言えるだろう。

「ちなみにカジノ王さん。能力の使用は？」

『どちらでも。二人で決めればいい』

「僕はどっちでもいいなー。そっちは？」

「俺は使わせてもらう」

トウヤは、笑う。

「へえ。そうだよね、博奕（ばくち）さんの能力、透視だもんね？　つまり、あなたは僕に純粋な読み合いで勝つ自信はないってことだ」

「前回、不意打ちの能力使用で勝った人間が大口を叩くな。お前の勝ちの目はない」

「目がないのはお互い様でしょ？」

「ふふ」

「あはは」

笑う。嗤（わら）う。哂（わら）う。

今、この空間にあるのは狂気のみ。

勝負内容も、それに挑む人間も、何もかもが正気の沙汰とは思えない。だからこそ試されるのだろう。ギャンブラーとしての資質が。命を賭ける生き方をした人間の、その在り方が。その業が。

『では始めようか。レナ、頼む』

そうして女幹部は二人の間に立つと、大袈裟(おおげさ)に一礼し、開始を宣言する。

『——賭けの内容は先に述べた通り。それでは勝負の始まり(イッツ・マイ・ディール)です、お二人様』

瞬間、戻橋トウヤに〝何か〟が干渉してきた。

それが何かを判断する暇もなく、勝負が始まった。

‡

腕を押さえながら階段を上る。

……何処かに隠れてやり過ごさないと……！

やはり、珠子は知らない。トウヤとベネディクトの間で「無事に船を下りられる」

という一点は確約されていることを。あの少年が、またとんでもないギャンブルに挑んでいることを。

その少女は、踊り場に立っていた。

両目の翠眼は、妖精の羽のように透き通り、美しい。しかし不気味さを感じさせるのは、少女が死神だからだろう。

「こんにちは」

ノレムだった。

だが、彼女のことも珠子は知らないのだ。

しかし、少女が事件の関係者であることは、すぐに気付くことになった。

「最後の忠告です。船を下りてください、雙ヶ岡珠子さん」

「……え？　どうして、私の名前を……？」

まさか『緑眼の怪物』か？　そう考えたものの、訊ねる暇も与えず、ノレムは走り去った。

相棒である戻橋トウヤから連絡はない。上司である栩辻未練の電話も不通になっている。「何が起こっている？」。考えてみても答えは出ない。

けれども、彼女が知らない間に、事態は着々と進行していた。

‡

瞬時にトウヤは全てを理解し、動き出す。向こうは足に後遺症が残っているとしても、身体的にはまだ負けているだろう。やることは山ほどあった。

台車を運んできた黒服にどの銃が当たりなのかを訊く。次いで二挺を持つと走り出す。同時に横目で一ノ井側を窺う。序盤の選択は同一だったらしい。向こうもマスケット銃を手に歩き出していた。

探し場所を考えつつ、使える物がないか目敏く観察しつつ、思考を回す。

……この違和感。あのディーラーさんも能力者だ。恐らくは、「ゲームのルールを守らせる」という類の。

そう、干渉されたのは戻橋トウヤという人間の根幹部分。枷を付けられたような感覚がある。否、実際に付けられた。一ノ井貫太郎も、あるいは、ジャスティン＝ベネディクトを始めとするマフィアの側全員も。

カジノのスタッフ故に賭けを司る能力だとすれば安直だが納得だ。

そして、もう一つ理解できたこともあった。

……このマフィア、シェオルに関しては、あの物知りな監察官さんも口数は少なかったし、まゆみさんが調べても分からないことが多かった。ああいう能力者がいるのならば当然だ。

そう、あのレナというディーラーの能力を使えば、口封じは容易い。勝負の際に「今回知った内容は口外できない」という条件を付けてしまえばいいのだから。彼女の異能そのものもそうであろうし、こういった常軌を逸したギャンブルや、ベネディクトに関する核心部分もそうだろう。

勝負で勝つ限りにおいてだが、無敵の情報隠蔽工作だ。

……下手すると、監察官さんも負けて、情報を言えないという制約を付けられた可能性がある。

いや、この場においては、それは置いておこう。今は別のことを考えなければならない。一つはこのギャンブルの戦い方について。もう一つは、Cファイルを巡る各勢力の動きについて。

一旦纏めてみよう。

ベネディクトがファイルの一つを手に入れた。だがリスクを考え、自らの組織で使うことはせず、誰かに売り払おうと考えた。その場として選ばれたのがこの船だ。

一方、フォウォレはベネディクトのファイルを手に入れようとしていた。自分達が二つを手に入れ、残る一つをＣＩＲＯ-Ｓから奪い取れればそれで良し。二つをアバドングループを始めとする何処かの組織が高値で買い取ってくれれば、それも良し。

公安及び内調は、その動きを察知した。未練の講じた策は「戻橋トウヤと雙ヶ岡珠子を陽動として使い、本職の諜報員にファイルを奪わせる」「作戦が失敗した場合には香港に待機している部隊で制圧する」というもの。

しかし、現在、何が起こっているか？

ノレムはベネディクトにファイルを渡したという。「二つ纏まっていた方が取引がしやすいだろうから」という理由らしいが、折角自分達が一つを有しているのだから、譲る意味が分からない。「交渉をベネディクトに依頼し、利益の何割かを受け取る」という契約でも行ったのだろうか？

いや、そもそもＲ大学の一件の時点では、断片は鳥辺野弦一郎が持っていたはず。何故ノレムが持っていた？　弦一郎に預けられたのだろうか？　それとも、奪い取ったか？「規則がない」というフォウォレの特性上、何も分からない。

一ノ井貫太郎の動きも謎だ。トウヤへの復讐の機会を窺っており、今がそうであることは分かる。が、どうもフォウォレとは別の意図で動いているように見える。拷問を受けるほどの失態を演じたのだから、その挽回の為に、ファイルを求めている……ということなのだろうか。

何より、アバドンからの人間が来なかったこと。他の組織がアバドンやフォウォレとの衝突を恐れ、手を挙げないのは分かるが、本来の持ち主が動かないのは不自然。Cファイルのことを諦めた？　やはり、推測通りにデータの原本が本社にあり、「リストが手元にある以上は無理をして分割されたファイルを手に入れる必要はない」「三つ揃わなければ解析できないのだから、自分達が有利である」と考えたのか。

ベネディクトの動きは、むしろ分かる。彼はファイルをフォウォレ、あるいはアバドンに売り渡すつもりだった。けれど、アバドンの人間が来ない。他の組織が求めていない以上、フォウォレに渡すしかなく、そうすれば買い叩かれる。ならば、「ファイルを巡る取引」それ自体をエンターテイメントにして、利益を出そうとした。それがこの『六挺式ロシアンルーレット』である。

だが、それをフォウォレは納得したのだろうか？　「買い手は自分達だけなのだから自分達に売れ」と主張してもおかしくはない。交渉自体をベネディクトに委託してしまっており、干渉できなかったのか？

あるいは――フォウォレにとって、『Cファイル』自体に価値がなくなった？

……何にせよ、ここを勝たなきゃどうしようもない。

とりあえずは今この場を切り抜ける。そう決意し、戻橋トウヤは落ちていたガラスの破片を手に取った。

‡

一ノ井貫太郎は感心していた。

……なんでマスケット銃なんて古めかしい物を使っているのかと思ったが、「弾が入った銃を常に持っておく」という戦法を封じる為か。

これが本来のロシアンルーレットのように、回転式拳銃で行われるものならば、一ノ井は迷いなく実弾の入った三挺を持ち歩いていただろう。しかし、この銃だとそうもいかない。その気になれば杖に使えるほどの長さがあるマスケット銃は、持ち運ぶとなると、とんでもなく嵩張るのだ。

まず、両手で構えて撃つ銃器なので、小脇に抱えていた場合、敵を見つけてもすぐに発砲できない。二つを捨てて、一つを構えるという動作が必要となる。そんな悠長なことをしていれば相手に先に撃たれてしまう。

かと言って、片手で扱うこともできない。この時代の歩兵銃は今と比べものにならないほどに命中率が悪いのだ。両手で構えたとしても信憑性（しんぴょうせい）に不安が残るというのに、片手など不可能だ。

それこそ「相手が倒れており、眉間に銃口を突き付けた状態」くらいならば流石に確実に当たるだろうが、その状況に追い込む為には、やはり、抱えた銃が邪魔になってしまう。

よって、持ち運ぶのは一つ。

精々が二つまでだ。

……アイツの運動能力は貧弱そのものだったはず。この足じゃ追い掛けっこはしんどいが、殴り合いになれば勝てる。

そして、異能の特性。

あの時とは違う。お互いにお互いの能力を知っている状態だ。

当然、一ノ井は嘘を吐くつもりはない。トウヤの力を防ぐ意味合いもあるが、そもそも嘘を吐くシチュエーションがないことも関係している。身体的に劣るならば「この銃には弾が入っている」という駆け引きも必要だが、単純な殺し合いになれば自分の方が有利なのだ。

「むしろ、ブラフをかましたいのは向こうのはず」。けれど、トウヤは代償によって嘘を吐くことができない。言葉を用いた心理戦は難しい。

うって変わって、一ノ井の側の能力は有利だ。透視。「どの銃に弾が込められているか分からない」が肝のゲームであるのに、一ノ井だけは分かってしまう。何十メートル先まで見通せるわけではないため、向かい合って立つ相手の銃が当たりかどうかまでは分からないものの、取っ組み合いになるような距離であれば見透かせる。隠された銃を見つけても、弾が出ることを祈りながら引鉄を引く必要はない。透視すれば当たりか外れかは分かるのだから。

代償にしても、近視は確かに酷くなり、片目も抉り取られたが、コンタクトを嵌めていれば戦うことに支障はない。眼鏡と違い、不意を突かれ殴られた際に落ちる、という可能性もない。

それらは少年の側も先刻承知のはず。

だとしたら、何故「能力あり」のルールを呑んだ？

……あの時と同じ、か？

そう、あの時もそうだったのだ。

自らの賭場で、戻橋トウヤと邂逅した時。ゲームのルール的には圧倒的に一ノ井の側が有利だった。だが、実際は違った。少年の中では勝つ算段は整っており、まんまと嵌められてしまった。

そうして様々な関係先に追い回されることになり、暴力団の一つに捕まり、口をナイフで裂かれた上に足を壊され、「目の能力者の眼球なんて高値で売れそうだ」という興味本位で右目を抉られた。ノレムに助け出されなければ内臓全てが売り払われていただろう。

思い出すと、怒りで頭が狂いそうになる。憎悪を必死に抑え込み、それを身体を動かすエネルギーへと変換する。

憎むのは構わない。だが冷静さを失っては駄目なのだ。前回の二の舞になる。

……ルール説明の段階で、勝つ自信があったのか……？

正解に辿り着くには時間が足りなかった。

再度、ブザーが鳴り響く。

殺し合いが始まった。

‡

シンガポールにある高層ビルの一室だった。豪奢な机にはモニターが二台、並んでいる。一つは倉庫内を動き回る二人のギャンブラーを映し出し、もう一つは、それを見る関係者達の賭け金が映し出されている。

七対三。一ノ井の方が人気だ。彼の能力を知る人間はまず一ノ井に賭けただろうし、そうでなくとも、戦闘能力的にも分がある。トウヤを選んだ人間はフォウォレとの戦果を踏まえてだろうが、その中に、「具体的にどういった方法で勝ちを収めたか」を知る者がどれほどいようか。

ベネディクトは、「ニコラス」と隣に控えていた大男に声を掛ける。

「お前はどう見る？」

「……当たり前のことしか言えませんが」

「聞かせてくれ」

「この『六挺式ロシアンルーレット』は、多くの場合、二つのパターンで試合が進みます。一つ目は、互いに罠を張りつつ、息を殺しながら動き回る遭遇戦。もう一つは優れた戦闘技術の応酬です」

そう。

肉弾戦に優れている人間の場合、マスケット銃など当てにせず、自らの武術で戦った方が良いと割り切ることが多いのだ。銃があるとしても、弾は三発。三回外させればただの近接戦闘になる。

ゲームを楽しむ子どものように笑い、ベネディクトも同意する。

「そうだな。赤羽党の……ユメ、だったか？　彼女が来た時は最高だった。お互いに剣術や棒術の達人だった為に、マスケット銃がただの近接武器として使われていたな」

「今回、そういったことはありません。カンタロウ＝イチノイが裏の世界で生きてきたといえども、彼は戦闘要員ではない。遭遇戦になるでしょう」

そんな言葉を大男が発したその時だった。

モニターの映像で、とんでもないことが起こり始めていた。

思わずベネディクトは目を見開く。「なんてことを考えるんだ」。こんな策、思い付くはずがない。というよりも、思い付いたところで実行しない。相手が気付くはずがない。

正気とは思えなかった。

‡

開始のブザーが鳴ると同時だった。

発砲音が響き渡った。

咄嗟に一ノ井は姿勢を低くしながら身を隠す。「もう仕掛けてきたか⁉」。が、そうではなかった。マスケット銃は彼に向けて撃たれたものではなかった。天井に向けて放たれたのだ。

正確には、そこにある蛍光灯に向けて。

……三発しかない弾の一つを電気を消す為だけに使ったのか⁉

勝負の舞台となっている倉庫は、テニスコート二つ分程度の大きさはある。当然、照明も一つではない。壊されたのは、倉庫を左上を起点にZを描くよう六分割したとすれば、三番目に当たる場所のそれ。

一ノ井は四番目、下段左端のエリアにいるため、ちょうど対角線上の場所になる。

……あそこの電灯が壊されたということは、アイツもいるってことだ。

が、すぐに走り出す愚は犯さない。意図を見抜かなければ、前回と同様、少年の策に嵌り、一方的にやられることになる。

考える。電気を消す意味。天井に向けて撃つ意味。

……アクションを起こして俺を誘うと同時に、命中精度を確かめたのか……？

マスケット銃の信頼性は現代の銃と比ではないほどに低い。素人が当てることは、そもそもとして至難なのだ。だとしたら、一度撃ってみて、狙いとどの程度ズレた場所に着弾するのかを確かめるのも有効と言える。

ただ、それは何発か撃てる状況の話であって、三発しかないこの勝負でやることではない。

殴り合いになれば一ノ井に分がある。トウヤは絶対に弾を当てる必要がある。けれど、それにしても途轍もなく大胆な選択だ。愚かとさえ言える。一ノ井ならば「どうにかして相手を倒し、接射する」という選択肢を取る。

二挺の銃を手に、動き出す。

下段を左から右に移動するような形だ。警戒は怠らない。特に、足元は。

倉庫にある物を使うのは自由。ならば簡易的なトラップを作ることも許されているし、如何にもあの少年が考えそうなこと。少し長い紐があれば足が引っ掛かり、転ぶこともある。そこを狙い撃つつもりなのかもしれない。

その手には掛からない、と、憎しみを抑え、慎重に移動する。

スチールラックが並び、雑多な物品が大量に置かれている特性上、上空からの落下物にも注意する必要がある。そちらも紐状の物があれば、落とすことは容易い。端から銃を隠すことをやめ、罠に使えそうな道具を探していたとしたら？

その疑念は、右下の棚の角から右上のエリアを覗き見た際に強くなった。

右上の隅、ちょうど壊れた電灯の下の辺りに、血痕があったのだ。しかも、結構な出血があるらしい。向かって左に続いている。

……何か、怪我をしたのか？　そんな馬鹿なことがあるか。わざとだろう。血の痕を付けることで、こっちの行動を誘導しようとしている？

ならば、馬鹿正直に真っ直ぐ血の痕に向かうのは思う壺。

否、そこまで読んでいるとしたら？　血痕の先へ回り込むことを見越して、待ち構えているとしたら？

そう――戻橋トウヤは、言葉なき心理戦を仕掛けてきたのだ。

‡

ディーラーの女幹部、レナはノートパソコンで戦況を見つめていた。

感想は上司が抱いたものと同じ。「とんでもない策を仕掛けてきたわね」。そう言うより他になかった。

この作戦が成功すれば、戻橋トウヤは勝利するだろう。

しかし、失敗すれば嬲り殺しに遭う。

「目が離せないわ……」

そう呟いたまさにその時、スマートフォンが震えた。

良い所だというのに。舌打ちを一つ挟んで、電話に出る。

『もしもし、レナさん⁉』

「……そういうあなたは間抜けな間抜けな門前ね。無事なのは知ってるから、切っていいかしら」

『俺のことなんてどうでもいい‼』

「何よ、そんなに急いで……」

次いで門前は言った。

『機関室の奥で人が二人死んでたんだ――顔面を潰されて!!』

‡

痛む腕を押さえつつ階段を上り、珠子は自室があるフロアに辿り着く。

ここまで妨害もなく来れたということは、マフィアが血眼になって捜索している、ということではないのだろう。あのショットガン男は仲間に何も連絡していなかったのだろうか？　そうであれば一息つけるが、真相が分からない以上、気を抜くことはできない。

相棒とも、上司とも連絡は付かない。すべきことも分からず、追われているとしても隠れる場所もない。かと言って、何も分からない以上、一人で逃げるわけにもいかない。

万策尽きたとさえ言える状況で、珠子はとりあえずはと、部屋に戻ることを選択した。「もしかしたら何事もなかったかのような顔で彼が迎えてくれるかもしれない」――と、淡い期待を抱きながら。

先の音が、何らかの力学的装置による罠だったとしても、少年がそう遠くにいるはずはない。弾の入ってないもう一つの銃もそのままに、音の元へと走り出す。

……勝負を掛ける……！

銃の扱いも自分の方が上のはず。相撃ちになれば、後は肉弾戦だ。こちらに分がある。銃を両手で構えながら飛び出した。

そこにあったのは、倒れた二つのマスケット銃だった。

片方を棚に立て掛け、もう片方を投げ付けて倒し、音を出したのだろう。この仕掛けならば遠くからでも起動できる。

血痕は途切れている。

走る音が響く。

……裏かッ!!

すぐさま踵(きびす)を返(かえ)す。銃口を向けながら来た道を戻る。

戻橋トウヤが、そこにいた。

低い姿勢のまま突っ込んでくる。

「――戻橋トウヤぁぁぁあああああ！！！」

‡

『ラッキー』＝ベネディクトは、勝負には運こそが重要だと考えていた。

どれほど実力差があったとしても、万全の準備を整えていたとしても、些細な偶然で勝敗が変わることがある。そう、例えば、「大波に揺られ、少しばかり船が傾いた」というだけでも。

運が絡む以上は、ギャンブルに必勝法はない。

しかし近いモノがあるとすれば、それは「嘘を看破する力」だっただろう。

「どんな賭博でもそうだ。相手の手は、虚か、実か」

究極的には、たったそれだけ。

相手の手が高めと思い込み、まんまと下ろされてしまった。その逆もある。低めだと決め付ければ高い役で、深い傷を負った。ポーカーでも麻雀(マージャン)でも、身体能力が絡む勝負でも、大抵の戦いはそうだ。

その一手の裏には、何があるのか？

あるいは、何もない、純然たる勝負手か？

二つに一つ。

嘘と真実。虚と実。表と、裏。

フェイクをフェイクと、ブラフをブラフと、フェイントをフェイントと。たったそれだけのことを見抜ければいい。

その一つを見極める為に、勝負師は全てを才の全てを注ぎ込む。

己の読みに、選択に、全てを賭けるのだ。

それがギャンブルというものだ。

「……気付いているか、カンタロウ＝イチノイ？」

六挺式ロシアンルーレットも終盤だ。これが最後の交錯となるだろう。

双方の動きを見ていたベネディクト等には分かる。確信できるのだ。ここで勝負は決まる、と。

分かっているのだ。

「たった一つ。それが罠だと気付けば、お前の勝ちだ」

そう、それさえ分かれば。

その嘘を見抜ければ。

「……どんな勝負であろうと、最後に残るのは、たった一つの事実だけだ」

表か裏か。

宙を舞ったコインの結果がやがて出るように、一つの事実だけが残る。

即ち、勝利と敗北のみが。

‡

銃を放つ。

弾丸は少年の頭のすぐ上を通った。外れた。

普通に立っていたならば腹部に着弾していたはずだった。

タックルが来る。倒されてしまえば、足の悪い自分が不利になる。故に避けようとした。けれど、対処する必要はなかった。トウヤの狙いは一ノ井ではなかったのだから。転がるように、どころか、ほとんど倒れるような形で横を擦り抜ける。

少年が狙っていたのは、一ノ井のすぐ脇の棚。

一番下段に、マスケット銃があった。

両者共に銃までの距離はほぼ同じ。一ノ井も手を伸ばせば取れただろう。

しかし、そうしなかった。

理解していたからだ。それが罠であると。

……この場所で仕掛けてきたということは、この周辺に何か仕込みがあるということ……！　そんなことは分かっている……。そしてコイツが、「ただ銃を隠す」程度で済ませる奴ではないということも‼

そう。

その銃は囮。ブラフ。手を伸ばし、引鉄を絞れば、終わっていた。

――銃口に異物が詰められていたからだ。

戻橋トウヤが真っ先にしたことだった。当たりの銃の一つの銃口に、布切れやガラスの破片、段ボールの切れ端にただのゴミ等、片っ端から詰めた。当たりの銃を、引けば暴発する罠へと変える為に。

普通の銃であれば、そんな物を詰めたところで意味はないだろう。弾丸は当たり前のように発射され、少年の頭蓋は砕かれる。けれど、マスケット銃は現代の銃器と異なり、ライフリングが存在しない。現代の銃ほど弾丸は加速しない為に、発射時の空気圧でゴミを押し出すことができず、詰まりやすく、暴発し易いのだ。

それでも、詰めたのがゴミだけならば弾は発射されたかもしれない。

けれど、ある程度、硬い物ならば違う。

例えば――義眼ならばどうだろう？

眼球の大きさは二十ミリ強。一般的には軟性の素材で造られる為に形も多少は変形する。それを詰めたとしたら？　暴発は十分に有り得る。一ノ井自身も片目を抉り取られたからこそ、分かった。

……最初に撃った銃、暴発する銃で二つ。そして、後の一つは……！

少年は手を伸ばす。下段にある銃に向けて。

いや、違う。

更に下――棚と床の間に隠したマスケット銃へと。

それすらも一ノ井は見抜いていた。暴発する銃を作れたところで、それを相手に引かせなければならない以上、決定打とは成り得ない。自身が撃つ為の銃を近くに隠しているはず。

全て、見抜いていた。

「この銃を取れば、俺の勝ちだ」。

手を伸ばす。摑み取る。構え、未だ這い蹲ったような状態の少年の顔面へ銃口を向ける。

引鉄を、絞った。ゼロ距離。確実に当たる間合い。

だが――弾は出なかった。

「…………は？」

次の瞬間、一ノ井はこめかみを何かで殴打された。

マスケット銃だった。少年が銃を引っ張り出した勢いをそのままに、殴り付けて来たのだ。痛みが走る。平衡感覚が崩れる。現状を認識できないまま、更に顎を打ち抜かれる。二度、三度と。

一ノ井貫太郎は戻橋トウヤのほぼ全てを見抜いていた。

ただ二点のみ、気付けなかった。

「……くそ、が……ッ!!」

一点目。少年は棚の下に銃を二本隠していたこと。

一挺目の銃を一ノ井は奪ったが、その更に奥に、もう一本あったのだ。弾の入っていない外れのものが。殴打用の武器として仕込んだものが。

二点目。少年の当たりの銃の内、二つは最初から使えなかったこと。

弾を出せるようになっていたのは照明を撃った一挺のみ。残りの二つの内、一つは異物を詰めた為に暴発の危険性があった。そして、もう一つ。一ノ井が最後に摑んだものは、火皿が湿気（しけ）ていて発火しなかったのだ。

マスケット銃は、引鉄を引くと同時に火皿へと撃鉄が落ちる。火皿で発生した火花が銃内部の弾薬に伝わることで弾が発射される。即ち、撃鉄が落ちる部分から内部に掛けてが濡れていれば、弾は出ない。

ゲーム開始当初、少年は割れたガラスを拾うと、すぐさま自らの左手首を切り裂いた。そうして流れ出た血でガンパウダーを湿らせて、使えなくしたのだ。

電灯を狙ったのも、血痕を残したのも、全てそのことを悟らせない為の策だった。

観戦していたベネディクト達が驚くのも当たり前だ。

この少年はゲーム開始の瞬間に銃の銃としての機能を全て捨てたのだから。

『一ノ井様。応答を。一ノ井様？……一、二、三、四――』

無情にもカウントが開始される。起き上がられても困る為、もう何回か殴っておこうかと考えるも、やめる。拷問されるような状況に追い込んでおいて言うことでもないが、殺すつもりはないのだから。

立ち上がり、左手首の傷をハンカチで止血しながら、少年は呟く。

「……本当にギリギリだったよ。でも、僕が銃で勝負しようと考えてると思った時点で、あなたは既に負けてたんだよ」

銃撃戦で僕があなたに勝てるわけないじゃん、と。

当たり前のように告げて、戻橋トウヤは倉庫を去って行く。

『――では今回の勝負、勝者は戻橋トウヤ様です』

ディーラーのそんな宣言を背に受けながら。

‡

倉庫から出たトウヤは、ディーラーの女と黒服達の拍手に出迎えられた。

「お見事でした、戻橋トウヤ様」

「ありがとう。もうちょっとルールが違ったら、多分、僕の負けだったと思うけど」

「それでも、今日勝ったのはあなたです。お受け取り下さい」

二枚のフロッピーディスクを受け取り、懐へと仕舞う。

だが、それが本物である保証は何処にもない。

「ご安心ください。それは紛れもなくＣファイルの断片です」

「へえ、そうなの？」

「私の能力はディーラーとして勝負のルールを守らせること……。その制約は、『勝負に参加者が同意する』『自分達も絶対にルールを破れない』というもの。ですから、ある意味で、私も嘘を吐けないんです。あなたと同じように」

「そうなんだ。それ、言っても良かったの？」

「面白い勝負を見せてもらったささやかなお礼です。お気になさらず」

むしろ、と視線を伏せ、レナは続ける。

「今現在、立て込んでいまして……。勝者だというのに、丁重に扱えないのが申し訳ない限りです。自室にはご自分でお戻りください」

「……何かあったの？」

「はい。機関室でまた死体が発見されたのです」

まさか、と。

その瞬間だった。

鼓膜が破れそうなほどの爆発音が響き渡った。同時に船体が大きく揺れる。

そうして戻橋トウヤは全てを理解し、置いていた鞄を摑むと、走り出した。

進む先が破滅でも、その意思だけは奪えない
死線の上でも笑って踊ろう
まだ見ぬ自分となる為に

命を懸けて
命を、賭けて

船内は大混乱に陥っていた。

「何かが爆発した！」。「船が沈む！」。悲鳴ばかりが響く中を息も絶え絶えになりながら走り抜ける。船が傾いていくのが分かる。

しかしそんなこと、どうでも良かった。

「なんて馬鹿なんだ、僕は……!!」

自分の愚かさに腹が立った。どうして気付かなかったのか、と。

椥辻未練は言った。「自分の目的は永遠にファイルを葬り去ることだ」と。「君達は船にいてくれるだけで良い。いなくても、いる情報が伝わればそれで良い」と。「アバドン相手ならばまだ交渉ができるから」と。

その未練と繋がるノレムは忠告してきた。

船から下りろ、死ぬことになる、と。

そして、取引にアバドンの人間は来なかった。

真相は単純ではないか。

……監察官さんとアバドンの思惑が一致してたんだ……!!

そう。

未練は「他人に奪われ悪用されるくらいならば破壊した方が良い」と考えた。全く同じことを、ファイルを作ったアバドングループも考えていたのだ。その手段として取ったのが、取引が行われる船ごと沈める、というもの。

ファイルも、それを欲する組織も、秘密を知った人間も、全てを海の藻屑(もくず)にして、葬り去ろうとしたのだ。そのことを知った未練は、利用しようと考えた。「邪魔をしない」という方法で利用したのである。

アバドンからすれば警告でもあったのだろう。「これ以上、ファイルに関われば容赦はしない」と。

そしてフォウォレも。少なくとも、鳥辺野弦一郎とノレムはその事実に気付いていた。だからこそ、ファイルをあっさりと手放した。事情を知らぬ一ノ井のみが熱心に動いていた。

ノレムの忠告は、未練からの助言だったのだ。

生贄(いけにえ)として殺すには申し訳がない、「船にいる」という情報だけが伝わっていればそれでいいのだから。そう考え、ファイルを渡しに向かったノレムに言伝(ことづて)を頼んだのだろう。

誰の言葉にも一つも嘘偽りはなかった。

しかし、裏では、様々な思惑が交差していたのだ。

メインデッキに出る。見れば、火の手すら上がり始めていた。

我先にと逃げようとする乗客達。必死に避難誘導をするスタッフ。救命ボートが次々に降ろされる。待ち切れずに海に飛び込む人間も多い。「こんな船に乗っている人間は地獄に堕ちるでしょうね」──死神の言葉が脳裏を過る。

そんな中だった。

「──戻橋さん!! 無事で良かった!!」

振り返る。すぐそこに珠子が立っていた。

駆け寄ってこようとする少女を、少年は腕で制止する。

「違う」

「え……?」

「アンタは、タマちゃんじゃない。そうでしょ？ ──『緑眼の怪物』さん？」

そう、そして分かったのだ。

『緑眼の怪物』が何者だったのかも。

‡

船体下部だった。

その人物を見、金髪の女は驚愕の表情を浮かべた。

しかし、二、三、言葉を交わすと、すぐに安堵し愚痴を零し始める。

「まったく……。参ったよ、本当に」

簡単な仕事のはずだったのだ。

女がやることは、爆弾を仕掛ける。それだけだった。

頼れる協力者のお陰で、この船、シェオル・ロイヤルブルーの警備体制は筒抜けになっている。更には死体が見つかるタイミングを調整することで、注意をそちらに向けることもできた。

人目に触れないように機関部周辺に忍び込み、分解して持ち込んだ爆発物を組み立て、置いておく。それで済む楽な仕事だ。

船を丸ごと沈めよう、一人も残らず死んでもらおう、ということならば、仕掛けにも手間が掛かる。爆薬自体も相当な量が必要だろう。

しかし、今回はそうではない。

畢竟するに、被害の規模は「そこそこ」で良いのだ。

アバドンの思惑として、「断片ごとファイルを狙う輩を葬る」というものがあるのは事実だが、最も大きな意図は、「次は容赦はしない」という警告。これ以上、手を出すならば覚悟しろ。それが伝われば良い。

この客船を跡形もなく破壊するようなつもりはない。沈んでくれればいい。いや、最後通告が主である以上、実際のところは沈む必要すらない。ファイルを狙う各勢力がアバドンの本気度を理解してくれればいいのだから。

次があれば能力者を動員し、確実に殺す。

そう理解してくれれば、それで。

「だから本当に楽な仕事だったんだよ。流石に小火程度じゃ困るけど、船ってのはバランスを崩しちまえば、すぐ沈む。分かる？　積み荷とか、バラスト水っていうやつとかで、良い具合の浮力に調整することで、海をプカプカ浮かんでいられるんだ」

あとエンジンを壊せば止まるのは車と同じだな、と続ける。

付け加えて、女は如才なく、他の箇所——船の運航には全く関係なく、しかしながら、乗客がすぐ気付くような場所にも、爆発物や発火装置を用意していた。

それらはスイッチ一つで同時に起爆する仕組みとなっている。船内はすぐに混乱状態に陥るだろう。マフィアの構成員だけならまだしも、この船には一般のスタッフも大量の乗客も乗っている。即座に事態を収拾することは困難だ。

注意を割かせる為の被害は、それこそ小火程度で良い為、特別な機材は必要なかった。多少の専門知識がある人間がその気になれば、壁に設置してあるコンセントや電子機器のバッテリー等を利用し、火の手を上げることは容易い。

女にとって予想外だったのは、何故かこの場所、船体下部にやってきた、雙ヶ岡珠子の存在だった。

どういう意図で訪れたのかは不明だが、この時間は機関員もいない、警備の目は他に向いているはずだと、のんびり仕事を進めていたところ、姿を見られた。

薄暗く、距離も離れていたので、はっきりとは分からなかったはず。見間違いだと結論付けてくれれば良いが、「誰かいるのか」と確認しようとしたり、あるいは、応援を呼ぶようならば始末しなければならない。

そう考えていた。

が、事態は更に拗れる。

今度は、人影を確認しようとした珠子がシェオルの鉄砲玉に見つかり、交戦状態になってしまったのだ。

「お二人さんが戯れてる間に仕事はできたんだけど、困ったことに、出られなくなっちゃってな」

　まさか、戦いの最中に何食わぬ顔で出て行くわけにもいかない。

かと言って、息を潜めていれば解決するということもない。どちらかの勢力の増援が来てしまえば、更に逃げにくくなる。

　八方塞がりな状況だった。

「だから戦いが終わってすぐどっか行ってくれたのは助かったし……。その後はほら、アンタもこうして来てくれて、邪魔な奴を殺してくれたから」

　へらへらと笑い、続ける。

「にしても、便利だな、その能力。弱点とかないのか？　あ、いや、本当に言う必要はないぜ？　能力者が代償や対価を知られることを嫌うってのは知ってるし」

　女は知る由もなかった。

　目の前の存在、『緑眼の怪物』にとっては、代償や対価の内容よりも、「能力の内容を知られたこと」それ自体が余程、問題だということも。

だから不自然なく音羽って奴にも話し掛けられた。それだけ」

さて、と。

『緑眼の怪物』は手を叩く。

「種明かしも終わりだろうし、そろそろ君の姿を頂戴？」

「嫌だ、って言ったら？」

「多分分かってると思うけど、君の相棒はまだ生きてるよ。それが嘘じゃないってことは、分かるでしょ？　君が、君であることを僕にくれるのなら、何処に監禁したか教えてあげる。助けに行けばいいよ」

「僕になってどうするの？」

「次は栁辻未練監察官かなー。その後はアバドンに亡命して、また誰かになるよ」

戻橋トウヤは、分かった。

この存在は自分と表裏だと。

この何者かが求めているのは自分と同じ。即ち、称賛と承認だ。だからこそ、褒めそやされる誰かに成る為に、こんなことを続けているのだろう。

普通の生き方を認めることができなかった。

自分の存在を肯定できなかった。

どうしようもなく、同一の――。

「……魅力的な申し出だけど、断るよ」

「あっそ。なんで？」

「それがあなたの本質で、業なんだろう。僕も他人のことは言えない。誰にどう思われようと、そう生きるしかないんだよね。僕も、あなたも。誰かを傷付けながらでも、自分である為に。……でもさ、」

と、その時だった。

珠子の姿を騙る何者かの身体を、何かが貫いた。

血が飛び散る。内臓を幾つも撃ち抜かれた何者かは、膝を突く。

振り返る。

そこには珠子を背負った未練が立っていた。

そして、その左手は高速回転する水流に包まれていた。それこそが『不定の激流』の能力。左手首周辺、液体限定のサイコキネシス。ウォーターカッターに代表されるように、ただの水でも高速で撃ち出せば立派な凶器となる。

「あなたは余計な業を背負い過ぎたね。人を殺し過ぎたんだ」

「……な、んで……!?」

「監察官さん自身が、最後の策だったんだ。申し出を断ったのはタマちゃんが助けられたからと、時間稼ぎが終わったからだよ」

栁辻未練は、船に乗って欲しい、と言ったが。

自分は乗らない、とは、一言も告げていない。

「――『緑眼の怪物』」

未練は言う。

静かに、けれど、怒りを込めて。

「お前が誰であろうが知ったことじゃない。だが、警察庁警備局警備企画課特別機動捜査隊、第七番隊隊長として告げる。お前の人権は、たった今、停止した。この船と共に沈み、死ね」

‡

部屋を出た未練は、スマートフォンに位置情報を取得させる。

間もなく、この船は沈む。

戻橋トウヤと雙ヶ岡珠子以外の部下には、それとなく、そのことは伝えてある。

「爆発が起きた際は安全の確保。余裕があれば人命救助」との命令も。もう未練がするべきことはない。精々が被害を減らすように努力するくらいだ。しかし、それもアバドンが前情報と違い、大規模な爆発物を使うことを決めれば、大した意味はない。皆で仲良く海の藻屑になるだけだ。

ただ、懸案事項もある。

……音羽から連絡がない。やられた、か……？

定時連絡がないのだ。

いや、あるにはあったのだが、時刻が違っていた。「基本的に一定間隔で連絡、それ以外、ある時間（爆破予定直前）には各々の居場所を報告」と取り決めていたが、後半のそれがない。殺されたか。あるいは、殺された上で、携帯端末を奪われたか。

珠子の発信機の動きも気になる。数分間、自室で停止し、すぐに移動し始めた。部屋で殺され、携帯電話を奪われたのだろうか？

……場所は自室だ。爆発が起きても動かなければ、決まりかな。

確認しないことにはどうしようもない。発信機の場所へと向かうことにする。

元より、この二人は助けられるよう努力するつもりだった。騙して作戦に組み込んだのだ、それくらいの責任は取らなければならない。あくまでも、「助ける努力」だ

エピローグ

――「あなたも栗毛(くりげ)なら良かったのに」。

薄れ行く記憶の中で思い出すのは、そんな母の一言。

もう、あの人が誰と比べてそう告げたのかは思い出せない。兄だっただろうか、妹だっただろうか。それとも幼馴染だっただろうか。けれど何にせよ僕は髪の色が違って、幼い頃の僕は、「自分も栗毛なら愛してもらえる」と、そう思った。

そんなはずがないというのに。

代償により過去は随分と消えてしまい、もう名前すら思い出せない。それでも、ふとした瞬間に母の言葉を思い出してしまうのは、きっと、それが僕という存在の根幹に関わるものだからだろう。

ずっと、誰かに成りたかった。

何者かでありたかった。

だから、誰かに成り代わってきた。

……けれど、そんなものじゃないのかな？　僕達は誰もが、自分ではない誰か、愛されて認められる何者かに成りたくて、もがいている。息をするのもままならないような状態で、手を伸ばしているのだ。

僕には一つだけ特別（ギフト）があった。たった、それだけ。

いっそ生きることをやめてしまえば楽なのに、それもできずに、意地と恐怖と僅かな希望で生に縋り付いて、他人を蹴落とし生きている。生まれた時から比べられてきた僕達は、褒めそやされる特別な存在が一握りだと知っているから。かと言って、ありのままの自分なんて認められるわけがなく、妬んで恨んで狂っていく。

何処にでもいる〝僕〟に、何の価値があるのだろう？

誰も皆、変わらない。

人間は誰もが、誰かに嫉妬する怪物だ。

そう、僕だけじゃない。きっと、彼もそうなのだ。

ただほんの少し、生き方が違っただけ。

成りたいと思ったモノが、違っただけ。

僕と彼の違いは、たったそれだけのこと。

‡

目を覚ました少女が見たのは、遥か遠く、炎上しながら沈み行く船だった。

深刻な光景だというのに、現実感がない。燃え上がる火は夜の海を照らし、傾いた船舶は、世界の果てに立つ巨大な墓標のようで、いっそ美しささえ感じさせた。それは誰の死を悼むものだっただろうか。

次いで珠子は、全身が濡れていることに気付く。買い揃えた礼服が台無しだ。仕事の為とは言え、高かったのに。

と、その瞬間、何もかもを理解した。

「そうだ、私は……！」

あのサングラスの男に、首を絞められ。

振り返ってみれば、そこには妙に美しい緑眼があって。

『正しさ』とも『善さ』とも無縁の、だからこそ綺麗な瞳は、誰かに似ていて。

「身体は起こさなくても良いよ。というより、起きるなら気を付けてくれ。ボートが沈んじゃうだろう」

珠子を制したのは、ちょうど彼女を抱き抱えるようにして見守っていた男。

栁辻未練だった。

「栁辻、監察官……？　ここは……」

「瞳孔と脈拍は問題なかったと思う。今は休んでいい」

訊ねたいことは無数にあった。

取引はどうなったのか。Cファイルの行方は。『緑眼の怪物』は何者だったのか。

何故船は沈んでいて、自分は救命ボートに乗っているのか。

何より――彼はどうなったのか。

それら全てを察したのか、未練は優しげな声音で言葉を紡ぐ。

「……終わったよ。全部、終わったんだ。君達のお陰で」

ありがとう、と頭を下げる。

心底、感謝するように。

あるいは、何かを詫びるかのように。

「彼は別の救命艇だ。すぐ会える。だから、今は休んでくれ。何もかも忘れて」

「そう、ですか……」

良かった。

それが珠子の率直な思いだった。

きっと知らないところで、あの少年が立ち回り、事件を解決してくれたのだ。まったく、自分はとんでもない間抜けで、足手纏いだった。「次こそ」。そう思う。次こそは、何かを成し遂げよう。彼の上司として、隣に立っても、恥ずかしくないように。

雙ヶ岡珠子は、知らない。

門前に見つかり襲われたことは純然たるミスだったとしても、「機関部付近に何かがあるかもしれない」という予感は当たっていたことを。

意図せざることだが、珠子があの場所にいた為に、アバドンの刺客は船体下部より出られず、故に十全に爆発物も仕掛けることもできず、結果として、船全体の被害が大幅に減ったということを。

その行いは、確かに愚かな部分も多かったが、一定の価値があったことも。

「……そっか……」

そう、彼女は知らないのだ。

――戻橋トウヤは、ボートに乗っていないことを。

「良かった……。本当に、良かった……」

「ああ、そうだ。全部、君達のお陰だよ。ありがとう」

だから休んでくれ。

繰り返し、未練は告げる。

大丈夫、大丈夫だから。

何もかも上手く行ったのだから、と。

「なら、良かった……」

一言呟き、雙ヶ岡珠子は再度、意識を手放す。

彼女は最後まで、知らないことばかりだった。

「……本当にありがとう、二人共」

ここにあの少年はいない。

嘘は許される。

未練が語った内容が、残酷な真実を覆い隠す、優しい嘘だということを、指摘する者はいない。

彼女は肝心なことを何も知ることなく、物語は終わる。

二人が乗るボートを、いやに美しい月明かりが照らしていた。

‡

倒れ伏す『緑眼の怪物』の隣に腰を下ろす。あるいは、自分だったかもしれない相手の隣に。

ふと、何者かに、まだ息があることに気付く。急所を撃ち抜かれているので間違いなく助からないものの、意識はしっかりしているようで、身体を起こすと、「逃げないの？」と問い掛けてくる。

「僕は泳げないから、逃げられない」

「そりゃ運がないね」

「本当にね」

もう数分もしない内に船は完全に沈むだろう。

『緑眼の怪物』も、戻橋トウヤも、夜の海へと消えるのだ。

「ねえ、ギャンブルしようか？　カジノチップがあった」

「……君も好きだね」

「賭け続けて、生きてきたから。そっちだってそうでしょ？」

そう、賭け続けてきた。

賭けて、懸けて、掛けて——欠けて。

だからこそ、ここにいる。最後まで自分でありたいと望んだから、ここにいる。

ただ進み続けてきた。行く先が破滅でも構うことはなく、死線の上を渡り続けてきた。他人から見れば、愚かな生き方だったのだろう。

けれど、そんなことはどうでもいい。

勝負の価値を知っているのだから。この生き方に賭けると、決めたのだから。

愚かで、儚く、狂っていて——だからこそに美しい。『正しさ』とも『善さ』とも無縁だからこそ、光り輝く命。

「——そうか。これが『刑死者(ザ・ハングドマン)』……か」

「……え？」

「あれ、知らないの？　君の異名なのに。『刑死者のトウヤ』。結構、有名になってきてると思ってたんだけど。昔も同じようなアダ名で呼ばれてたらしいしね」

「そっか。それは光栄だね」

「でも、僕に言わせれば、君はそんな生易しいものじゃない。死さえも恐れず、死線の上で、死神と踊ってみせる……。そう、」

──『破滅の刑死者』。

能力者にとっての異名とは、元来、相手を畏怖すると共に、敬意を示すもの。

その歪(いびつ)な在り方を認め、讃える特別な呼び名だ。

それを、少年と同じ始まりを持ち、同じ業を持つ『緑眼の怪物』が与える。

即ち、そういうことだった。

「どう？　気に入った？」

「うん、良いね。何よりカッコいいのが良い」

「そっか。僕達みたいな奴にとって、それは何よりも大事なことだしね」

確かにそうかも、と少年は笑い。

その何者かも、笑い返した。

「さて、僕は表にしようかな。そっちは？」

「裏でいいよ、『破滅の刑死者』さん。……嘘吐きの僕に、表は似合わない」

分かった、と少年はコインを弾く。

宙に舞ったコインは、永遠のような時間を経て、手の平に落ちた。

結果は表だった。

「表だね。運でも僕の勝ちみたいだね。監察官さんがいたからじゃなく、僕とあなたの勝負は、」

と。

そこまで言ったところで、気付いた。

隣に座る何者かが、もう息絶えていることに。

「つまんないの」。そう呟き、戻橋トウヤは立ち上がると、歩き出す。沈み行く船の上を、たった一人で。燃え盛る炎は静かな水面と奇妙なコントラストを描き出しており、逃げ出した人々の悲鳴だけが遠く聞こえた。

手に入れたフロッピーディスク。Cファイルの断片。懐からそれを取り出すと、トウヤは纏めて二つに折り、更にもう一度折り畳んだ後、手近な火の元へと投げ込んだ。

これでリストは永遠に葬り去られた。

全て、終わったのだ。

ふと見上げると、夜空の星が異様なほどに綺麗に見える。月は道を指し示すこともなく、素知らぬ顔で輝いている。

行く先など分からない。最初から分かってはいなかった。元々、何処にも行けなかったのかもしれない。だから、いつものことだ。

いつものことなのだ。

そう、これは有り触れた結末の一つ。業の結果。

だから涙を流す必要はない。

けれど、どうしてなのだろう。妙に寂しく、物足りない気がするのは。

「……一人ってのは、寂しいもんだね」

それはきっと彼女の所為。

ずっと独りだった。けれど、最近は一人じゃなかった。

だから、僕は。

「僕は本当に、タマちゃんが好きみたいだ」

呟いた言の葉は誰にも届かず、煙と共に上り、星空へと消えて行く。

それが嘘なのか、真実なのかは、誰にも分からぬことだった。

あの優しい少女は酷く自分を責め、泣き叫ぶだろう。けれど、そんな必要はないんだと、伝えたかった。届かないと知りながらも、そう言ってあげたかった。

だって、そうだろう？

こんなことは、ただ、決着がついただけ。一つの賭けが結末を迎えただけ。

そう。

空を舞ったコインが、表か裏か、明らかになっただけなのだから。

参考文献

『シェイクスピア選集10　オセロー』（研究社／大場建治・編注訳）

<初出>

本書は書き下ろしです。

この物語はフィクションです。実在の人物・団体等とは一切関係ありません。

メディアワークス文庫

破滅の刑死者3
特務捜査CIRO-S 死線の到達点

吹井 賢

2020年３月25日　初版発行

発行者　郡司 聡
発行　株式会社KADOKAWA
〒102－8177　東京都千代田区富士見2－13－3
0570-06-4008（ナビダイヤル）
装丁者　渡辺宏一（有限会社ニイナナニイゴオ）
印刷　株式会社暁印刷
製本　株式会社ビルディング・ブックセンター

●お問い合わせ（アスキー・メディアワークス ブランド）
https://www.kadokawa.co.jp/（「お問い合わせ」へお進みください）
※内容によっては、お答えできない場合があります。
※サポートは日本国内のみとさせていただきます。
※Japanese text only

※定価はカバーに表示してあります。

Printed in Japan
ISBN978-4-04-913139-0 C0193

メディアワークス文庫　https://mwbunko.com/

本書に対するご意見、ご感想をお寄せください。

あて先
〒102-8177　東京都千代田区富士見2-13-3
メディアワークス文庫編集部
「吹井 賢先生」係